MALTA HANINA

DU MÊME AUTEUR

CHAGRIN LORRAIN (avec F. Baudin), Seuil, 1979.
L'ÂGE-DÉRAISON, Seuil, 1982.
TRANS-EUROP-EXPRESS, Seuil, 1984.
TANGER, Quai Voltaire, 1987 ; Livre de poche (n° 6783).
L'ENTHOUSIASME, Les Cahiers Rouges, Grasset, 2006 (première édition au Quai Voltaire, 1988).
CHRONIQUE DU LIBAN REBELLE 1988-1989, Grasset, 1991.
LA PART DU DIABLE, Grasset, 1992.
LITTÉRATURE NOTRE CIEL, *souvenir de Heinrich Maria Ledig Rowohlt*, Grasset, 1992, hors commerce.
LES FÊTES PARTAGÉES, lectures et autres voyages, NIL éditions, 1994.
MITTERRAND ET NOUS, Grasset, 1994.
DES HOMMES LIBRES, *La France libre par ceux qui l'ont faite*, avec Roger Stéphane, Grasset, 1997.
ALEXANDRIE, NIL, 1997 ; Folio (n° 341).
TANGER ET AUTRES MAROCS, NIL, 1997 ; Folio (n° 3342).
JOHNNY, NIL, 1999.
ISTANBUL, NIL, 2002 ; Folio (n° 4118).
DANS LA MARCHE DU TEMPS, Grasset, 2004 ; Livre de poche.
CAMUS OU LES PROMESSES DE LA VIE, MENGÈS, 2005.
LES VIGNES DE BERLIN, Grasset, 2006.
JOURNAL DE LECTURES, Transbordeurs, 2007.
CARTHAGE, NIL, 2008 ; Folio (n° 4948).

Ouvrages collectifs

POURQUOI ÉCRIVEZ-VOUS ? *sous la direction de Jean-François Fogel et Daniel Rondeau*, Le livre de poche-Biblio (n° 4086).
PORTRAITS CHAMPENOIS (avec Gérard Rondeau), Reflets, 1991.
L'APPEL DU MAROC, *sous la direction de Daniel Rondeau*, Institut du monde arabe, 1999.
ISTANBUL, La Martinière, 2005 (avec des photographies de Marc Moitessier).
GOUDJI, LE MAGICIEN D'OR, Gourcuff Gradenigo, 2007.
LA CONSOLATION D'HAROUÉ (avec des aquarelles d'Alberto Bali), Gourcuff Gradenigo, 2007.
DE PORT EN PORT, Éditions du patrimoine, 2011.

DANIEL RONDEAU

MALTA HANINA

BERNARD GRASSET
PARIS

Il a été tiré de cet ouvrage
10 exemplaires de vente numérotés de 1 à 10
et
5 exemplaires hors commerce numérotés de A à E
sur Vergé Rives Ivoire Clair
des papeteries Arjo Wiggins
le tout constituant l'édition originale

Photo bande : © Gettyimages / Gege Gatt

ISBN : 978-2-246-79503-2
ISBN luxe : 978-2-246-79809-5

Pour Noëlle

et Jean-François Fogel

« Ô petites nations ! »

Milan KUNDERA,
Les testaments trahis

« Non, décidément, n'allez pas là-bas si vous vous sentez le cœur tiède, et si votre âme est une bête pauvre. Mais pour ceux qui connaissent les déchirements du oui et du non, de midi et des minuits, de la révolte et de l'amour, pour ceux enfin qui aiment les bûchers devant la mer, il y a, là-bas, une flamme qui vous attend. »

Albert CAMUS, *L'été*

La maison Manduca

Une chaleur africaine pèse sur l'aéroport. Une halte dans l'air conditionné (glacial) du pavillon d'honneur, avant de prendre la route. Je dévore par les fenêtres un paysage improbable. Etrange : j'ai pèleriné pendant trente ans autour de la Méditerranée sans jamais me pencher sur le rocher maltais. Une bretelle de bitume nous écarte du flot des voitures jusqu'à un arc de triomphe bâti par un Français du XVIIIe, qui avait son palais à Zebbug. C'est dans l'ancienne *Città Rohan*, au cœur de l'île, que je vais vivre.

L'appel du ministre m'avait cueilli alors que je venais de quitter Commercy. Je roulais sur une route givrée par l'hiver dans la forêt champenoise. La voix d'une inconnue avait résonné dans mon portable : « Est-ce que je peux vous passer le ministre des Affaires étrangères ? »

J'avais répondu en gardant un œil sur les plaques de gel : « *Why not* ? » Bernard Kouchner me demande si je sais que je vais devenir ambassadeur. C'est ainsi, de bon matin, que j'entre dans une carrière qui n'était pas la mienne.

J'accepte l'honneur et invente les années à venir. Malte est gravée dans une histoire et une géographie à la fois européennes et méditerranéennes. Je n'imagine les deux rives de la mer Intérieure que rassemblées sous des constellations communes. Malte est un point nodal de cette cosmogonie. La recherche de cette unité s'inscrit sur le noir de ma cible.

★

Il y a des pays et des villes qui nous attendent. J'avais découvert cette évidence au milieu des années 80, en arrivant à Tanger. La ville était un tabernacle pour exilés. Ecrivains bienvenus, évidemment. Discrétion d'usage, commodités pour le quotidien. Esprit de Pentecôte (la médina parlait cinq langues) et d'absolution des péchés. Maréchalistes, sodomites, nymphomanes, usurpateurs d'identité ou de fortune. Chaque sourire était un masque que personne ne pensait à soulever. La légèreté de l'air, où montaient en volutes les mots du muezzin, mêlait les parfums de l'Orient et du temps suspendu. La nuit, dans les palais de la casbah, circulaient des plateaux de cuivre damassé, avec des pyramides de poudre blanche. Présence des Rolling Stones et de Paul Morand, ombre de Beckett en short, souvenirs et fantômes, mais pas seulement. Il y avait aussi la morsure fraîche de la mer sur les plages désertes du cap Spartel, les taches mauves des bougainvillées, l'odeur matinale du pain dans la médina, les conversations avec Paul Bowles à cinq heures, les soirées avec Choukri. Tenté de m'attarder, j'écris un livre qui replace la ville sur l'atlas de nos géographies littéraires ; puis je passe vite à autre chose, abandonnant les décombres du rêve tangérois aux *people*, aux financiers et aux touristes japonais croisés à l'un de mes retours, marchant dans des flaques de soleil, sous des ombrelles noires, mon livre à la main. Tanger restera pour moi un commencement. Tout s'écrit souvent dans les premiers pas.

*

Je déserte Tanger pour Beyrouth appelé par quelques grands mots auxquels j'avais la faiblesse de croire (et de croire toujours). J'entre au Liban comme dans un livre mille fois lu et relu sans jamais d'ennui. Au Liban, le soleil, la montagne, les villes, l'espèce humaine, semblent inviter à une chasse au bonheur perpétuelle. Préfiguration des Béatitudes. Même en temps de guerre, le pays ne connaît pas la diète. Les Libanaises ont le charme de la Choulammite. Le Dom Pérignon rafraîchit les soirées d'Achrafieh. Sur la route de Jounié, La Cigale propose des havanes aux noms de grands bordeaux. Voici pour le pain quotidien. Pour le reste, c'est-à-dire l'essentiel, personne ne se croit « obligé de rester momie du néant », comme aurait dit Chateaubriand. Je suis au pays des croyants. Dans cet appendice du vieil Orient, l'idée de Dieu n'est pas rangée au magasin des accessoires périmés. Tyr et Sidon rattachent le pays à la *Terra sancta*. Dans les églises, les fidèles prient en araméen, la langue de Jésus. L'ombre de la croix favorise quelques sodalités abrahamiques. Les docteurs de la foi (sunnites, chiites, maronites, grec-orthodoxes) se parlent dès que les armes se taisent (grand absent : le peuple de la synagogue qui, peu à peu, a pratiquement quitté le pays, après la création d'Israël). Pourtant, le Liban est prisonnier de guerres qui ne sont pas les siennes et dressent le croissant contre la croix. Etreintes mortelles. Beyrouth sous la menace, la France est tentée de trahir l'amitié que nous portent les Libanais. Le Quai d'Orsay a déjà fermé quelques-uns de nos établissements de Beyrouth Ouest. La prudence règne. Je convaincs sans peine un ami, écrivain-diplomate rencontré sur le boulevard Saint-Germain, que renoncer à nos fidélités est une faute. Il me donne carte blanche. Pendant un an, j'expérimente sur le terrain une diplomatie d'influence, mi-sauvage, mi-institutionnelle, bouscule quelques ministres plénipotentiaires, en séduis d'autres. Quelques mois plus tard, le printemps démocratique libanais trouve chiites, sunnites et maronites parfois solidaires dans des manifestations monstres. J'ai un pied à Paris, à la rédaction du *Nouvel Observateur*, l'autre à Beyrouth, dans le bunker de Baabda. Je convertis quelques écrivains à la citoyenneté libanaise, Guy Béart chante *Liban libre* avec Jean d'Ormesson dans les ruines de la place des Canons, puis c'est la défaite, les *Moukhabarat* affichent ma photo aux postes de contrôle de l'aéroport, me bannissant pour plus de dix ans de ce pays qui m'avait donné un nouveau passeport. Le président Chirac fera lever cette interdiction auprès de son ami (qui n'était pas le mien) Rafic Hariri.

⋆

A Tanger, au Liban, à Alexandrie, à Istanbul, à Carthage, je n'étais qu'un oiseau de passage. A Malte, attaché à ce rocher par mes lettres de créance, je vois de ma fenêtre tourner le manège des saisons, et fleurir les orangers. Le soleil de Zebbug éclaire d'une façon rétrospective les étapes du chemin qui m'ont conduit jusqu'ici. *Zebbug* en maltais signifie le vieil olivier. Ils sont trois rescapés au fond du jardin, énormes, encore féconds de fruits. Paris semble loin, englué dans les divisions, peinant à dégorger une dépression qui dure depuis vingt ans. La Malte, comme on disait autrefois, respire loin de cet air aigre et des vieilles rancunes. C'est cette petite république catholique dont je veux parler, raconter ce cœur précis des eaux, qui semble dériver sans mourir au fil du temps, et ne réclame à aucun Européen d'abdiquer ses souvenirs.

La maison Manduca

★

Il y a toujours des présages, on ne les voit qu'après. Quelques années avant sa mort, Roger Stéphane m'appelle : « Monsieur, je viens de repérer dans le catalogue de Prouté, marchand d'estampes rue de Tournon, quelques gravures de Dominique Vivant Denon. » Stéphane m'avait fait lire *Point de lendemain*, qu'il avait réédité chez Pauvert, dont il aimait montrer l'édition originale de 1803, un petit *in octavo*, en disant que c'était le premier livre de poche. Je l'accompagne rue de Tournon et achète trois gravures, pour un prix modeste. La première représente un portrait de pêcheur, limaille de barbe blanche sur les joues, un bonnet sur la tête et un foulard autour du cou : *Patron de barque maltaise*. Dix ans plus tard, une amie nous donne une croix de Malte en heurtoir. Malte cognait à ma porte, un Maltais me regardait dans mon salon, et je ne le savais pas. Et puis il y a Morand. Malte fut l'un de ses derniers voyages, à l'automne 1975 (avant, encore une fois, la Sicile au printemps 1976). Il avait parcouru La Valette, « ville cyclopéenne », imaginé Corot jeune peignant la forteresse de Mdina, relu *Les Misérables*, réclamé une couverture de laine pour la nuit et écrit avant de s'endormir : « Je retrouve à Malte la vie menée sept ans auparavant à Tanger. » Retour à la case départ.

*

Lors de mon premier voyage à Tanger, j'avançais dans la trentaine. Je débarque à Malte lesté d'une gravité peu enviable, trois décennies ont passé, mais avec la certitude qu'il m'a été fait encore une fois la grâce d'une nouvelle légèreté. Si tu le veux, tu le peux, danse, mais danse ! *Vita nuova*. J'avais compris assez tôt qu'une force me pousserait sans cesse vers les nouveaux départs. L'exil lorrain après des études de droit, l'usine à vingt ans (« Ta première ambassade », me dira un ami) plutôt que la rue Saint-Guillaume, la ferveur du messianisme révolutionnaire, le retour à Paris dix ans après, la presse, l'édition, la solitude en Champagne, comme si ma vie devait se dérouler en tableaux successifs, reliés entre eux par quelques fils plus ou moins secrets.

Ces nouveaux départs semblaient me donner une prise plus ferme sur la vie et obéissaient toujours aux mêmes règles. Surprise et vitesse.

J'ai pris l'habitude de m'en remettre à cette bienveillance répétée du destin qui, par une succession d'étranges ellipses, m'a toujours arraché au confort d'être ce que j'étais, pour me jeter hors de moi, me défaire des liens de la répétition et me déposer sur le seuil d'un nouvel horizon.

Je ne me suis pas vu changer dans ces métamorphoses successives, j'ai simplement eu l'impression de m'alléger et de renaître. Ressuscités l'envie, l'impatience de faire, le plaisir d'entrer dans de nouvelles figures, dans de nouveaux livres, et ma liberté. Mort à chaque fois le vieil homme qui grandissait en moi, et mortes les doctrines de notre jeunesse. (Mithridatisé contre le poison de l'égalité, j'avais appris à me défier de toutes les passions politiques.) Mais sauvé ce qui devait l'être, l'empreinte indélébile des miens, ma religion de catholique errant, l'amour et ma nostalgie de l'amour, et sauvée aussi la leçon en un seul mot des années qui m'avaient appris à vivre, et qui serait mon viatique : enthousiasme. Pour Malte, un coup de fil matinal avait suffi à me caler dans les starting-blocks.

★

Découvrir Malte, c'est entrer dans le jardin secret de la Méditerranée. A Zebbug, la porte verte de la Résidence s'ouvre sur une entrée très claire où veille une statue de saint Paul, puis sur une terrasse. La terrasse domine un jardin clos de murs, complanté d'orangers, de pamplemoussiers, de citronniers et de cédrats, quelques *lumicella* aussi (qui donnent des *citrons du ciel*, ressemblant aux bergamotes, mais le bergamotier ne pousse qu'en Calabre et ses fruits ne jaunissent pas). Les murs protègent des vents et favorisent la pollinisation. Plusieurs chemins pavés, bordés d'anciennes rigoles d'irrigation, d'inspiration arabe, toujours en pierre, conduisent à deux restanques, légèrement dénivelées, séparées par un haut mur, reliées entre elles par deux arches. La première est dédiée aux palmes, la seconde aux oliviers.

A l'extrémité du jardin, répartis sur une parcelle plus étroite, des figuiers de Barbarie, un amandier, des grenadiers (*punica granatum* : à fleurs rouges, peu séduisantes pour les abeilles ; il était d'usage de les doubler d'appâts jaunes), un pistachier sauvage, un pêcher, un prunier et deux jeunes pommiers, incongrus et languissants, toujours un peu défeuillés, plantés par l'un de mes prédécesseurs et qui attestent de sa tendance mélancolique. A gauche, un caroubier hors d'âge a déployé quelques branches maîtresses qui forment une vaste tonnelle d'ombre, près d'un puits. J'accroche mon sac de boxe à l'une de ses trompes, le soir de mon arrivée. L'ensemble est fermé par des murs aux arêtes vives et par les façades des maisons qui nous entourent, toutes aveugles.

Curieux dessin d'architecture, qui s'apparente autant à des ébauches de Piero (maisons d'Urbino) qu'à des planches cubistes. Sur la blondeur des pierres, les grandes giclées de rouge des bougainvillées, les coulées vertes de quelques treilles. Un peu partout, des oiseaux de paradis, des agapanthes, des papyrus, des aloès, des géraniums (il faut que je vienne à Malte pour comprendre que le géranium n'est pas une fleur suisse-allemande née sur le balcon d'un chalet de montagne), des solandra (fleurs cloches qui se balancent au bout de lianes ; j'ai commencé par les prendre pour des *morning glories*), des jasmins pour le jour et d'autres pour la nuit, des hibiscus, des arômes, des iris, des capucines. Ce n'est pas la luxuriance des jardins de Sicile ou d'Alger, mais c'est une boîte à couleurs et à parfums, une harmonie gagnée d'âpre lutte sur le rocher. Au printemps, le parfum des orangers en fleurs déborde dans toutes les ruelles du quartier.

Ce motif méditerranéen nous parle de la mer et des hommes, tout en les tenant à distance. De la terrasse, j'aperçois les maisons de Zebbug, les clochers, les mâts, les drapeaux, un ciel immuable. Pour voir la mer, il faudrait monter sur une chaise. Peu d'habitants : des lézards, des caméléons, des chats. Je repousse en hurlant les chats pour protéger les caméléons. La maison elle-même est un modeste palazzo, une enfilade de cinq pièces en fait, construit autrefois pour un aristocrate de Mdina, le comte Manduca. Du fond du jardin, la masse de l'église baroque de San Felipe, gonflée par des logements pris dans son flanc, qui domine l'alignement bas de la résidence (sans toit : les Maltais vivent sur leurs terrasses), semble se confondre avec la maison et lui donne une profondeur, un charme supplémentaire qui est celui du trompe-l'œil. Tout est beau. De l'autre côté (au-delà du caroubier), un couvent est notre seul voisin. Bruits lointains de basse-cour le matin, trames changeantes de la lumière, douceurs, éblouissements, continuo des cloches qui chantent les quarts, les demies, les heures et les angélus, nuits et ciels sahariens. Il m'est souvent arrivé de me demander où je vivais. A Tanger, près de l'église anglicane ? A Jérusalem ? Dans le vieux Beyrouth ? A Rome ? Non, à Malte, dans le mitan des eaux et du temps.

★

L'homme navigue depuis longtemps en Méditerranée. Malte est cette île mystérieuse, habitée et bâtie depuis le printemps de l'humanité, posée sur la route du milieu (celle des audacieux, les prudents préféraient le cabotage), à égale distance de Tanger et de Beyrouth, entre la Sicile et le rivage libyen. Il ne faut jamais sous-estimer la géographie. Elle assigne souvent notre rôle dans l'histoire. Bouton de la rose des vents méditerranéens, nombril de la mer, l'île s'est toujours montrée à la fois fermée et ouverte, avec ses remparts de falaise battus par les flots, ses à-pic taillés dans le vif d'une roche d'un seul tenant, et sa dentelle de criques et de baies d'eau profonde, faites pour le mouillage et les aiguades, où viennent mourir des cultures en terrasses, entourées de bas murs de pierres sèches, de haies de lauriers ou de figuiers de Barbarie.

*

Malte a tenu tous les rôles du théâtre méditerranéen. Sous son masque de pierre, dans ses robes de soleil et de mer, elle fut la convoitée, l'oubliée, la disputée, la cruelle, la fervente, la débauchée, l'île refuge, l'île citadelle, l'île prison, plateforme pour tous les commerces (le blé, les oranges, le vin, les esclaves) et pour la guerre, base navale depuis les Phéniciens, grande infirmerie de la Première Guerre mondiale, bunker essentiel des Alliés pendant la Seconde, toujours grenier à rêves variés et contradictoires. Les chevaliers de l'ordre de Saint-Jean de Jérusalem ont fait la gloire de son nom. Fécondée par tous les peuples qui se disputèrent la mer Intérieure, sémitique à plus d'un titre (son peuplement, sa langue), un temps musulmane, passionnément catholique (mais dans la liturgie maltaise, Dieu se nomme *Alla*), européenne depuis des siècles, elle est le salut des naufragés (de saint Paul aux *boat people* des dernières années), la bonne fortune des marins, armateurs maltais engagés dans le *corso* méditerranéen, corsaires barbaresques, capitaines de l'Ordre, commerçants marseillais ou levantins, shipchandlers et armateurs d'aujourd'hui, pirates du net et des paris en ligne, *bankers* d'HSBC. L'un des princes du pari en ligne (longtemps illégal) se nomme Emmanuel de Rohan. *All you need is trade*, comme le chante ce matin l'un des titres du *Financial Times*. Le passé (celui de son éponyme et lointain parent, mon voisin de Zebbug, dernier grand maître français de l'Ordre) respire pourtant toujours dans les rues étroites de La Valette, petite San Francisco, toute en montées et en descentes, première ville européenne bâtie sur plan, avec à chaque instant des échappées sur la gelée bleue de la mer. A quelques kilomètres, à Sliema ou San Julian, autre temps, autre décor : des Libyens, des Russes de passage, des retraités anglais, et l'internationale de la movida, teenagers de tous les pays, des boîtes de nuit, des bars, des *happy hours* qui durent jusqu'au matin, pendant que les vieilles cités offrent un calice de pierre au cœur d'eaux sombres de Grand Harbour, faiblement éclairées par un morceau de lune carthaginoise.

*

Pâques 1972. Fernand Braudel, ayant convié à Malte la fine fleur des historiens méditerranéens, les reçoit par ces mots : « Malte est l'île la plus cordiale, la plus accueillante de toutes les terres de Méditerranée. La Méditerranée lui appartient depuis toujours. Malte est un morceau d'Afrique et elle est en Europe. Elle est en Orient et elle est d'Occident. »

Le manège des saisons

Eté. L'île se lève tôt. Elle tend son front et ses joues aux doigts du levant. La lumière déferle, met du rose dans le miel des façades, des falaises, des remparts, et dans l'humidité nocturne des jardins d'orangers. Dès six heures, les places des villages s'animent, il y a des femmes qui font leur marché, d'autres qui ont enfilé leur jogging et qui marchent, les *by pass* vers La Valette commencent à saturer, des chevaux trottent sur des rubans d'asphalte entre des haies de pierres et de cactées, des grappes d'enfants en uniforme prennent d'assaut leurs bus couleur bouton d'or ou coquelicot, des hommes boivent leur café et allument leur première cigarette, debout dans les escaliers de pierre qui descendent vers le port. Dans les criques, d'autres se baignent. Nageurs, frères du dauphin, ou orants immobiles qui saluent l'apparition du soleil. Ablutions rituelles, répétées plusieurs fois par jour. Depuis combien de millénaires la Méditerranée est-elle leur baignoire ? Je les regarde quand je vais nager à Ghar Lapsi avant le petit déjeuner. Ce sont des pêcheurs avec leurs familles. Ils passent l'été dans leurs garages à bateau creusés dans la roche. Il n'est pas huit heures, la mer est encore fraîche. Chacun essaie de faire durer les vertus de ce premier instant. L'énergie renouvelée, le semblant de fraîcheur, l'ancienne beauté, une limpidité générale, la joie d'être revenu au matin et de vivre encore. Cette légèreté disparaît sous les braises de midi. La température monte, tout le monde est liquéfié ! Certains Maltais, pour fuir la brûlure du jour, passent les heures chaudes dans l'eau, leur chapeau sur la tête. A Ghar Lapsi, des femmes de tous âges barbotent en bavardant, pendant tout l'après-midi. Un aveugle descend se baigner quotidiennement à la même heure. Il pose sa canne blanche sur le rivage, une femme l'accompagne et le suit en nageant. Hier des dauphins jouaient non loin du rivage. Des jeunes filles plongent du haut des rochers qui ceinturent la crique. Quatre garçons en maillot, immobiles sur l'arête d'une falaise, s'offrent au soleil. Maigres, musclés, tatoués, noirs de poils et d'yeux, la peau boucanée par le soleil, ils pourraient être grecs, siciliens ou arabes. Une lumière blanche, un ciel minéral et une chaleur de four mettent l'île sous narcose jusqu'aux premières brises du soir. Je vais parfois avec N. attendre ce regain d'air sur les remparts de Mdina. Vue dominante, toute l'île sous le regard, campagne africaine, terre brulée, villes horizontales, panaches pastel des lauriers, silhouettes cubistes des tankers au fond de la mer, et posée sur l'horizon, l'imperceptible ligne blanche de la Sicile. En quelques minutes, la mer devient noire, une ombre violette engloutit l'archipel, c'est la nuit. La chute du jour a la violence soudaine des crépuscules d'Orient. Girandoles et rosaces des feux d'artifice donnent le signal d'un nouveau départ. Il est temps d'émerger de la fatigue des heures chaudes. Le long des routes, des veilleuses s'allument. Elles dessinent sur la terre une mantille de lumières. Les Maltais se donnent rendez-vous au bord de la mer à la nuit tombante, dans leurs cabanes de fortune, sur les terrasses des petites maisons des pêcheurs, sur les plages ou sur les falaises, autour de barbecues, sur les rochers des criques, pour des noces renouvelées plusieurs fois par semaine de la nature et de la mer. Tout le rivage est éclairé par des torches et des feux. Onze heures sonnent au clocher quand nous quittons Mdina pour prendre la route de la côte ouest. Arrivée à Ghajn Tuffieha. Beaucoup de voitures sur le parking. Un croissant de lune se reflète dans le miroir des eaux. Sur le sable, en bas des marches, une foule disparate est rassemblée pour un étrange nocturne. Des jeunes gens sont assis en cercle autour d'un guitariste, d'autres dansent au son d'un transistor, des enfants jouent au ballon, des couples sont couchés dans les plis de la nuit, des familles font griller des saucisses sur des braseros. Ces groupes sont séparés et réunis par l'ombre. Les étoiles dans le ciel, la lumière des lampes à gaz et les flammes des torches créent une atmosphère irréelle. Je pense à la plage du Merkala, à Tanger, où les familles du Marshan venaient dîner au son des luths et des tambours, aux récits de Bowles et de Camus. « Tout un peuple se recueille ainsi au bord de l'eau, mille solitudes jaillissent de la foule. » A Ghar Lapsi, la terrasse du restaurant qui domine la crique est encore pleine. Les serveuses apportent des bières, des pizzas, des pâtes. Odeurs d'ail et de mer. Les projecteurs de l'établissement, braqués sur la crique en contrebas, fouillent les eaux transparentes. Des bancs de poissons défilent sous la lumière. Dans la darse naturelle, un vieil homme nage dans l'obscurité, deux enfants plongent entre des barques à l'amarre. Sur des rochers, solitaires, des hommes sont accrochés à leurs lignes. Sur le quai, un homme et une femme, assis côte à côte sur des fauteuils de camping, pêchent à la crevette. Retour à Zebbug un peu après minuit. Autour de l'église, toutes portes ouvertes, illuminée, parée d'or et de damas rouge, entourée d'échafaudages de fusées, préparatifs de feux d'artifice, des marchands de nougat et d'éventails, des filles brunes et dorées, minijupes, minicorsages, leurs cuisses montent, leurs seins débordent, garçons aux crêtes gominées, les cannettes de bière circulent de main en main, les musiciens des deux bandas concurrentes, en uniforme bleu et blanc, la casquette de travers, se relaient pour éviter les temps morts, la place danse, l'été est une fête.

Automne. Le mauvais temps arrive avec les premières tempêtes, entre septembre et octobre. Pendant quelques jours, le vent souffle en rafale.

Les pêcheurs restent au port. Les ferries pour la Sicile ne quittent pas le Pinto Wharf. Le vent soulève des gerbes d'embruns qui traversent l'île et obligent les automobilistes à actionner leurs essuie-glaces. La violence du vent met la mer en fureur. Les vagues sautent plus haut que les falaises. Après plusieurs jours de vent sec, parfois chargé de sable, des pluies balaient l'île, inondent les rues et les places, puis le soleil revient. Le thermomètre a simplement perdu quelques degrés. Cet automne, lumineux et doux, dure longtemps. Nous allons parfois marcher sur la côte à la nuit tombante. Les eaux paraissent jaunes, violettes, puis virent au bleu sombre. La route suit le lit d'un oued toujours à sec et longe une succession d'échancrures, serties dans les falaises, bleues, grises, ocres, noires, parfois ceinturées par de modestes baraquements qui servent de garages aux bateaux et de maisons pour les pêcheurs. La mer, si plate que l'on peut y lire risées et courants, est plus chaude que l'air, nous sommes seuls, nous nageons loin de la côte, la nuit nous recouvre, la lune éclaire déjà le fond des criques alors que le soleil est encore posé sur l'horizon. En rentrant, N. cueille les premières mandarines du jardin. Jaunes, acidulées et sucrées, elles exhalent un parfum de fruit et de fleur. Pendant quelques jours, le ciel reste sans nuage, la mer sans ride, claire et transparente. Il arrive que quelques tempêtes passent. Embruns, gerbes d'eau, couleurs vives, ciel breton où filent les nuages. Tout s'apaise toujours très vite. Grand soleil et nuits étoilées, parfums de campagne chaude, l'automne n'existe pas.

Hiver. La nuit tombe tôt et vite, j'allume un feu. C'est notre hiver. Pour le reste, rien ne change. Le temps, beau et chaud, malmène le moral des Maltais. Plus Noël approche, plus ils rêvent de gel et de neige, mais ils sont condamnés aux weekends en bord de mer. A Ghajn Tuffieha, l'eau est à 17°, nous ne sommes pas pressés d'en sortir. En remontant de la plage, nous regardons près du parking des hommes ouvrir un carton de bière Heineken, saisir quatre pigeons qu'ils jettent en l'air. Les pigeons prennent de l'altitude, tournent pendant quelques minutes au-dessus de nos têtes pour s'orienter, puis s'éloignent vers la Sicile. Ce soir-là, nous dînons chez Salvino, non loin de la mer. Nuit bleue, très profonde, dans une campagne escarpée, mystérieuse sous la lune, encore à moitié sauvage, mais apaisée par des terrasses et les pinceaux dressés des cyprès. La maison ressemble à son propriétaire, pleine de dédales et de fantaisie. Dessins de Géricault, un portrait de femme en mantille par Antoine Favray, un mur d'icônes, des livres rares dans la salle de billard, et des tombes puniques au bord de la piscine un peu à l'abandon. Une semaine plus tard, nous retrouvons Ghar Lapsi à la tombée de la nuit. Mer grise, tranquille, immense, ciel gris, immobile, infini, air tiède. Quelques pêcheurs préparent leurs bateaux rangés à mi-pente de la falaise. Le long de la pente, à intervalles réguliers, sont fixées des traverses en bois évidées et graissées en leur milieu pour accueillir les barques que les hommes font glisser jusqu'à l'eau. L'un d'eux, assez âgé – cheveux blancs, gestes lents, bottes et cuissardes à bretelles –, seul, conduit son embarcation par poussées et oscillations jusqu'au rivage. Une fois à l'eau, il s'éloigne en nous adressant un signe. Les autres suivent par le même chemin. Ces patrons de barque maltaise, qui nous font penser à Vivant Denon (et à notre ami Stéphane), partent pour trois ou quatre heures, tous les soirs, pêcher au lamparo le calamar et l'encornet. Le chemin du retour nous montre la mer par une immense anfractuosité de la falaise. Sous la muraille de roche, six barques sont blotties les unes contre les autres. La nuit qui avance à grands pas les entoure. Une lumière vacille. Chaque barque est une étoile. Tombé du couchant, un dernier bouillon de lueur pâle. Janvier passe, imperturbable, la terre exulte, l'air est parfumé, léger, la mer pousse une brume jaune, les oiseaux chantent, les blés poussent. Il faut trois semaines de pluie presque quotidienne, à la fin du mois de février et au début de mars, pour comprendre que l'hiver maltais est aussi une courte saison des pluies.

Printemps. Un merle chante au-dessus des eaux prises dans les roches, un faucon s'envole dans un jardin, il s'éloigne d'un vol slalomé, sans impulsion visible, on dirait un drone, entre les arbres et les murs. Après plusieurs jours de pluie, le printemps peine peut-être à s'installer, mais il envoie des signes. Et puis un matin de mars, il apaise la mer et cogne doucement à la porte des criques, qui se couvrent aussitôt d'un maquis coloré de fleurs roses, rouges, jaunes et blanches. Le mercure monte dans les thermomètres. Une lumière miraculeuse révèle la campagne, les façades des villes, elle nielle d'or et de miel la table des eaux de Grand Harbour. Les amandiers se couvrent de fleurs neigeuses. Les fèves arrivent dans les assiettes. La terre verdit puis jaunit. Jaune des mimosas, des marguerites, et celui, légèrement plus acide, des *Cape Sorrel*, ces fleurs communes qui poussent dans les murs, cascadent dans les chemins, tapissent les champs, apportées du cap de Bonne-Espérance par une voyageuse anglaise, il y a cent cinquante ans. Les chèvres les dédaignent, à cause de leur amertume. Les Africains les utilisaient pour accompagner le poisson grillé (comme du citron). A Zebbug, les dernières oranges ont été cueillies la semaine dernière. La fin des fruits annonce le retour des fleurs. Leur parfum embaume tous les jardins, saute les murs de pierre et se faufile dans les rues des villes.

C'est par un jour d'avril qu'il faut prendre la petite route, étroite et défoncée, qui taille dans la campagne et s'élève vite vers le Gebel Ciantar jusqu'au pied de la falaise Ghar il Kbir (la Grande Caverne) entre des champs de fleurs, des terrasses fraîchement labourées, des parcelles de fèves, d'ail, des bouquets de mimosas, des jardins de vignes toutes taillées et buttées, des haies de cactées et de figuiers de Barbarie. Le soleil, déjà chaud, exalte toute la palette des odeurs du printemps méditerranéen. La campagne n'a pas encore pris ses couleurs de basane. Des deux côtés de la route, des murs de pierre, parfois solidement assis sur la roche qui les déborde, structurent le paysage. Tous signes d'une vieille ordonnance humaine, protection des jardins et retenue de soutien pour les maigres parcelles cultivées, ils ont été arrachés à la roche, comme l'humus des terrasses, mélange de pierre concassée, de sable et de terre, parfois importée de Sicile. En contrebas, la mer, éblouissante, déroule son immense nappe de lumière. La route passe devant une première chapelle. Cette chapelle de l'Annonciation, bâtie en 1708, à flanc de côte, est prolongée par une maison, une terrasse, une treille. La hampe d'un drapeau se détache du bois de la vigne. Les couleurs maltaises flottent sur ce nid de pierre. Derrière l'église, sous la falaise, un minuscule jardin enclavé entre les rochers. Sol dallé, deux jeunes oliviers, un banc de bois, le bourdonnement des guêpes, et comme seul horizon, découpé dans le feuillage des oliviers, la mer.

Certaines béances dans la falaise paraissent aménagées, ou murées, par la main de l'homme. Des familles entières vivaient dans ces trous jusqu'au XIXe, quand les Anglais les ont délogées à coup de dynamite pour les ramener à l'impôt. J'interroge deux hommes qui travaillent dans un jardin. Ils remontent leurs casquettes pour me répondre, la serpe à la main. L'un d'eux me dit qu'il habite encore entre sa petite maison et sa grotte. « Pendant la Deuxième Guerre et jusqu'au début des années 60, treize familles vivaient dans la falaise, des jardins et de la pêche. Les hommes portaient leur blé au moulin de Rabat puis leur farine au four à Siggiewi. » La route continue encore pendant quelques centaines de mètres, jusqu'à un cul de sac. Détachées de la falaise, sur un plateau érodé, quelques hautes colonnes de roches dessinent un paysage lunaire. A l'extrémité du chemin se dressent une ferme abandonnée, une maison cachée par des cactées, et la petite chapelle du mont Carmel (1616). La façade (une porte, une inscription *Non gode l'immunita ecclesias*, une arche, un balustre) et une grande terrasse font face à la mer. Partout le printemps explose. Des champs de fleurs jaunes et rouges, des vignes bourgeonnantes (chaque pied est irrigué). Un courant d'air encore frais circule entre les figuiers de Barbarie et les oliviers. Le blé est mûr au printemps. Les chaumes des premières parcelles déjà coupées font des taches jaunes sur le damier des terrasses.

Une île pour un faucon

« Pourquoi tout le monde parle
des Templiers, et pas des
chevaliers de Malte ? »

Umberto ECO,
Le pendule de Foucault

Malte fut leur refuge, leur accomplissement, leur sésame, leur fin. Les rues, les places, les villes, les palais, les églises, les quais, les bastions blessés par le temps, la poussière qui sans cesse tombe des murailles, les tours solitaires du rivage, parlent de leur absence. Et si vous entrez dans Saint-John, regardez où vous mettez les pieds, vous marchez sur leurs tombes. Les chevaliers reposent côte à côte sous un patchwork de marbres qui dessine un étrange tapis de prière.

Chaque dalle fige une page de vie, dans un latin parfois presque médiéval, encore proche de l'Antiquité tardive, avec des citations cachées de Cicéron, d'Ovide ou de César, mais truffées d'expressions grecques remises à l'honneur par la Renaissance. Les marbres les plus précieux mêlent des gris, des blancs, des noirs, des orangés, des jaunes, des rouges. Porphyres et lapis-lazuli rehaussent l'éclat de la polychromie. Sous ses armoiries, l'épitaphe de chaque défunt, éventuellement sa devise, et une forêt de symboles. Des ancres marines (celle des navigateurs, mais aussi la croix cachée des premiers chrétiens), des anges, des drapeaux, des bougies (reflets de la lumière divine et rappel de la brièveté de la vie), des livres qui, selon qu'ils sont ouverts ou fermés, représentent la sagesse ou la mort, des cyprès, des palmes, des oreilles de la mer (fleur de l'île gravée sur les pièces de monnaie maltaise avant l'euro), le chêne tutélaire des légions romaines (mais la croix du christ n'était-elle pas faite de ce bois sacré ?), des rameaux d'olivier, des roses mariales, des fruits, le trèfle trinitaire, et sa version française : la fleur de lys, le lierre dionysiaque (éternellement vert, mais toujours étouffant la vie), des dauphins (semblables à ceux qui jouent encore aujourd'hui dans les eaux maltaises), des coquilles Saint-Jacques (un clin d'œil à Aphrodite, née dans une vague ou dans un coquillage, mais aussi le rappel que toute vie est un pèlerinage), des colombes, des éléphants (Hannibal n'est pas loin), des casques, des épées, des souvenirs d'Athènes (Médusa, la Gorgone aux cheveux serpents dont le regard changeait en pierre celui qui la regardait ; Pallas, la déesse de la guerre ; le phœnix, l'oiseau de la résurrection), des croissants et des cimeterres (les dépouilles de l'ennemi), et partout des crânes, qui sont parfois des casques, avec les yeux de la Mort qui nous regardent, et une sarabande de squelettes, assis, debout, pensifs ou déterminés, menaçants, certains moqueurs, enveloppés d'une cape, ou d'un nuage noir. Une faux au bout du bras, ou la hache levée, ils bousculent les armoiries, renversent le vieux roi de la forêt, détruisent des obélisques, éventrent des cercueils et jouent de la trompette pour rassembler l'armée des âmes avant la dernière bataille.

Ils sont quatre cents, enterrés dans la nef. Leurs tombes témoignent du défi que fut leur présence sur cette île. Toutes les oscillations de la tectonique méditerranéenne sont consignées sur ces feuilles de marbre. Elles racontent un univers toujours en balance – espace et temps, flux et reflux, christianisme et islam –, dont ils furent l'un des noyaux durs. D'un rocher, au milieu des eaux, ils ont fait un royaume enluminé. Sur ce morceau d'Afrique, ils ont greffé un cœur européen.

Ce cœur avait commencé à battre sous les remparts de Jérusalem, quand des marchands d'Amalfi et de Salerno créent une hôtellerie et un hospice (dédié à saint Jean le Baptiste) pour recevoir les pèlerins et soigner les malades, confiés à des moines, au début du XIe siècle. Ce commencement ressemble à presque tous ceux de la vieille Europe. L'Orient fut notre matin, Jérusalem et Alexandrie nos deux villes aubépines.

*

Les croisades : un ébranlement général, un soulèvement des cœurs, une ascèse à la portée de tous, difficile à comprendre pour notre temps. Des gens de toutes conditions se mettent en route pour défendre les Lieux saints. Les rois descendent de leurs trônes, les abandonnent derrière eux, tel Saint Louis s'en allant pieds nus, au milieu des mendiants, avec son sac en bandoulière. « Il s'agit d'aller en Terre Sainte pour *un service d'amour*, écrit Louis Massignon. L'amour chrétien n'est pas une rêverie mélancolique, feuille morte errant parmi les reposoirs épars d'une dévotion pulvérisée aux quatre vents, comme les parcelles de la Vraie Croix, rapportées par Héraclius, c'est le désir nu du cœur dépouillé de tous ses biens. » Après la première croisade et la prise de Jérusalem par Godefroy de Bouillon (un bain de sang, la croisade sera vite reniée), pèlerins et soldats se bousculent aux portes du Tombeau. Soigner ne suffit plus, il faut sécuriser les routes du Saint-Sépulcre et des royaumes latins d'Orient. En 1113, le pape Pascal II consacre la congrégation des moines de Jérusalem en un ordre hospitalier et militaire, dirigé par Raymond du Puy (successeur de Gérard le fondateur). Moine ou soldat, disait saint Bernard. Moine et soldat, répondent les chevaliers. L'Eglise renâcle, mais s'accommode, car elle a besoin d'eux.

Autour de Jérusalem, *pôle magnétique* des trois monothéismes, la guerre ne cesse pas. Les chevaliers de l'ordre hospitalier et militaire de Saint-Jean perdent leurs forteresses. La reconquête arabe avance. L'histoire des chevaliers devient celle d'un pèlerinage à l'envers. Les voici chassés de Jérusalem, de Sidon, de Chastel Rouge, d'Akkar, de Belmont, de Crac, d'Antioche, de Saint-Jean-d'Acre. Ils reprennent la mer, arrivent en 1308 à Rhodes qu'ils arrachent à Byzance, via Chypre où les Lusignan les avaient supportés tant bien que mal.

Rhodes ou le temps des métamorphoses. En deux siècles, ils deviennent marins, administrateurs, médecins. Ils progressent dans l'art de soigner les malades, s'emparent de quelques spécialités (ophtalmologie, pharmacologie, herboristerie). Ils gagnent en souveraineté, frappent monnaie, et confirment leurs règles en les précisant. Les chevaliers de l'Ordre apprennent à prononcer un triple vœu : obéissance, chasteté, pauvreté.

Mehmet II s'empare de Constantinople en mai 1453 et met fin à un millénaire de présence chrétienne en Asie mineure. Soliman veut désormais la Méditerranée orientale pour lui seul. Les chevaliers de Saint-Jean perturbent ses plans. Les Ottomans décident de passer à l'action et mettent le siège devant Rhodes. A la veille de Noël 1522, les chevaliers se rendent. Ils ont dix jours pour plier bagages. Le 1er janvier 1523, par un brumeux matin d'hiver, Villiers de l'Isle-Adam fait sonner le bugle du départ. Le grand maître est le dernier à embarquer sur son navire amiral, la *Santa Maria*. C'est le déménagement d'un univers. Les vaincus partent avec quatre mille Rhodiens. Ils emportent leur trésor, leur magasin d'armes (rondaches, masses, piques, arcs et flèches), leurs canons, leurs armures, leurs archives et leurs reliques, l'icône de Philermos, celle de Notre-Dame de Damas, un os du bras droit de saint Jean le Baptiste, le crucifix en argent que portait le Lorrain Godefroy de Bouillon pour son entrée dans Jérusalem. Les croisades sont terminées. « Tout ce grand effort unifiant la Chrétienté, écrit Massignon, avait croulé dans l'idolâtrie : de l'or, avec le sac de

Constantinople, du sang, avec le *pas de quartier aux infidèles*, et les haines entre frères d'armes. »

★

Il leur faut sept ans pour aller de Rhodes à Malte. L'histoire de ces sept années est celle d'une chevalerie errante. Ils tournent autour de la Méditerranée et on les croit finis (les souverains européens ont des vues sur leurs commanderies). Un seul pavillon à mi-mât de la *Santa Maria* : une piéta brodée d'or avec ces mots *Dans notre détresse, Tu es notre seul espoir*. Les chevaliers sont orphelins de l'île perdue. Devenus gyrovagues, ils cherchent un point de chute d'où renaître, l'ultime halte. Ils affrontent une épidémie de peste, vivent dans le doute, les spéculations, les projets impossibles. On parle de Cythère, d'Elbe, de la Corse, des îles d'Hyères.

Villiers de l'Isle-Adam part pour Madrid. Charles Quint, roi d'Aragon et suzerain de Sicile, propose à l'ordre de Saint-Jean de Jérusalem, « en fief personnel, noble et franc », les îles, les villes, les châteaux de Malte, de Gozo et Tripoli sans qu'il soit obligé à autre chose qu'à présenter tous les ans au vice-roi de Sicile, au jour de la Toussaint, un faucon « chaperonné de soie, portant sonnettes d'or et bagué de vervelles aux armes impériales ». Une mission exploratoire (huit chevaliers représentant chaque langue) envoyée à Malte par le grand maître ne manifeste qu'un enthousiasme modéré. Leur compte-rendu parle d'une île où vivent douze mille personnes, pour la plupart misérables, à la merci des incursions corsaires. Malte possède deux ports naturels d'eau profonde, mais peu de défenses. Plus grave, l'île manque de sources, de puits (l'eau est encore l'un des problèmes de Malte aujourd'hui), les pluies sont rares pour remplir les citernes. L'aridité du sol et la sécheresse expliquent la rareté des ressources (cumin, miel, coton, figues, melon) et l'absence d'arbres. Pourtant le 26 octobre 1530, Villiers de l'Isle-Adam (quatre-vingt-six ans) entre dans Grand Harbour sur la *Santa Maria*, suivi par la flotte qui transporte les autres chevaliers et cinq cents Rhodiens (ceux qui ne sont pas restés en Sicile, à Messine, ou en Crête, et ont survécu à la peste). Tous s'installent au Borgo, petite cité médiévale posée en hauteur au fond d'une rade dominée par le fort Saint-Angelo.

C'était Malte ou rien. Assomption du don. Le roc est à nu, partout, et alors ? Le Temple et toute la cité de Jérusalem n'ont-ils pas été eux aussi bâtis sur la roche ? Entre le socle originel et la roche d'échouage, ils établissent une connexion spirituelle. A Malte, au milieu des gouffres vertigineux de la mer, leurs cœurs reverdissent. De cette terre sans arbre ni eau, les errants font un jardin suspendu, entre celui des origines et celui de l'Eternité. Ils retrouvent l'étincelle de saint Paul dans le *tufa* maltais et inventent une nouvelle *terra sancta*.

⋆

Le Borgo où ils arrivent en 1530 semble toujours nous attendre. Entre l'eau que rien ne ride et la terre ferme, les Trois Cités (Vittoriosa, Cospicua et Senglea) se serrent sur des langues de roches basses qui s'élèvent pour rejoindre leurs murailles. C'est un endroit où j'aimerais vivre, peut-être parce qu'il est resté longtemps à l'abandon, après les bombardements de la

Deuxième Guerre mondiale. J'ai toujours eu un faible pour les écarts et les solitudes, les villes ensablées, les faubourgs abandonnés à une pauvreté essentielle, délaissés par l'avidité contemporaine, les bouts du monde (*le bout du monde*, c'est le nom d'une terre de notre maison en Champagne). Dans ce quartier populaire et ensommeillé du Birgu, nourri de soleil et de mer, la vie garde la nonchalance de ceux qui en ont vu d'autres. Elle coule loin de l'armée invasive des touristes et des commandos de promoteurs. Même l'air semble ici plus léger qu'ailleurs. L'eau des criques assourdit les sons. Le moteur d'un bateau qui s'éloigne, le marteau d'un menuisier, le refrain d'une radio, rien ne perturbe la simplicité du matin. Prises dans les fines mâchoires de la terre, trois criques aussi longues que profondes (la crique des Français, qui abrita *L'Orient* de Bonaparte), la crique de Kalkara, et au centre, la crique des Galères (les galères de la Religion). Le fond de la crique des Galères a été matelassé de marbres rapportés du mausolée d'Halicarnasse. Les débris d'une des sept merveilles du monde furent utilisés par les Britanniques comme matériaux de remblai.

★

Orient-Occident, le dialogue n'est jamais loin du duel. Concordance des dates : en février 1535 (cinq ans après l'arrivée de l'Ordre à Malte, et trente ans avant le Grand Siège), François Ier envoie son ambassadeur Jean de La Forest auprès de la Sublime Porte. L'ambassadeur s'installe à Istanbul dans « les vignes de Péra » sur une des collines qui dominent le Bosphore. Jean de La Forest, chevalier de Malte, premier représentant permanent du roi de France à Istanbul, fonde une alliance multiséculaire entre la France et la Porte qui se concrétise par les *Capitulations*. Charles Quint et les Habsbourg sont les ennemis communs des deux souverains. Les *Capitulations* seront reconduites par les successeurs de François Ier et de Soliman. Cette alliance, renouvelée et élargie au début du XVIIe, confie à notre pays la responsabilité de fait des pèlerins et des chrétiens d'Orient, assumée par tous les régimes. (Le cardinal Lustiger, quand je le rencontre la première fois pour lui parler du Liban, commence par évoquer les *Capitulations*.) Et elle fonde le Levant (capitale Beyrouth), cette patrie sans frontière (où l'on parle la *lingua franca*, puis le français) qui invente une certaine douceur de vivre. Au Levant, les villes se tournent vers la mer, elles prospèrent, les religions rivalisent et s'échangent leurs mystères. Une liberté naît, sans attendre les Lumières. C'est une des leçons de la Méditerranée. La mer fut le berceau de deux mondes qui se sont entremêlés en se déchirant. La guerre, la croisade et le *jihad*, ont appris aux peuples et aux gouvernants de Venise, d'Istanbul ou de Malte l'art de compromis qu'ils pensaient impossibles. Ce n'est pas un hasard si c'est un chevalier de Malte, Jean de La Forest, qui est choisi pour porter une ambassade de paix.

*

Un dimanche de mai : les cloches de Senglea pavoisé de rouge et blanc sonnent au-dessus des terrasses, je marche sur le quai et fais l'inventaire de ce qui est visible. L'alignement bas et imposant des anciens entrepôts, déserts, qui attendent la guillotine de la rénovation pour être débités en lofts ; des maisons étroites, du linge aux fenêtres des balcons, les terrasses des gargotes qui lèchent l'eau de la crique. Je quitte le quai et entre dans Vittoriosa par des volées d'escaliers et des ruelles pentues, toutes dallées, miroirs poinçonnés et polis par les pas de ceux qui nous ont précédés, sans trottoir, où les voitures ne s'aventurent pas. Je m'y perds parmi tant d'églises. Celle-ci, désaffectée, Notre-Dame-du-Mont-Carmel, était autrefois la favorite des chevaliers qui priaient en gardant un œil sur leurs bateaux. Sa façade principale s'ouvre sur le quai. Par les portes ouvertes de l'église Saint-Laurent, face au débarcadère, s'échappe la mélopée de la prière, des voix d'enfants et quelques accords de guitare. J'arrive sur une piazzetta bordée par l'ancienne chapelle Notre-Dame-des-Douleurs (*Oratory of the Holy Crucifix*), où furent enterrés des chevaliers tués par des Ottomans, et par la petite église Saint-Joseph.

La ville est un décor. Maisons fortes, sans fenêtres, églises, demeures avec balcons, toutes prêtes à vivre encore, mais certaines menaçant ruine. La beauté aussi marche vers la mort. Encore une chapelle (attention à l'indigestion !), l'oratoire Saint-Joseph, restaurée en son temps par Emmanuel de Rohan, et transformée en un petit musée. A l'intérieur, quelques copeaux d'une histoire ancienne, laissés sur place par le reflux, et un peu de poussière : le chapeau de La Valette, des souvenirs du Grand Siège – balles et boulets ottomans, coquillages transformés en lampes à huile par des janissaires –, des pièces de monnaie phénicienne, un *Atlas* du savant alexandrin Ptolémée imprimé à Venise en 1598, les drapeaux des *langues*, une peinture de saint Laurent apportée de Rhodes en 1530, d'anciennes cartes à jouer.

Les rues et ruelles de Vittoriosa s'évasent pour se rejoindre sur une place en pente. Quelques hommes, assis sur des chaises, parlent et fument, devant leurs portes. A la terrasse du café du Brésil, des adolescents sont assis devant des bières. Une plaque sur la façade rappelle que la petite centaine de familles venues de Rhodes avait ici l'une de ses trois églises orthodoxes. Les Rhodiens étaient médecins, artisans, tailleurs, orfèvres. L'un d'eux, architecte, enseignait aux esclaves les techniques de construction de routes, de terrasses et de citernes. Sur une maison d'angle, une autre plaque, surmontée d'un crucifix sous une coupole en verre, informe le passant qu'au temps de l'Ordre, les exécutions capitales avaient lieu sur cette place. L'instrument utilisé n'est pas précisé. La hache ? La roue ? La corde ? L'estrapade ?

Entre les remparts et la mer flottent les ombres de ceux qui firent de ce gros bourg leur logis. Je marche dans ces rues resserrées, c'est l'hiver, la nuit vient de tomber. Hauts murs, mélange d'ombre et de lune, ogives de la maison normande, et ce soir-là (8 décembre), à l'extérieur des murs, une longue procession, des hymnes à la Vierge (l'Immaculée Conception est la grande fête de l'hiver) et l'église de Cospicua dressée dans sa dentelle de lumières.

Matin de Pâques à Cospicua, chez Ugo Mifsud-Bonnici, au cœur des vieilles cités. De sa *galleria*, la vue porte par-dessus les terrasses des maisons où flottent d'immenses drapeaux, jusqu'à la mer. La maison d'Ugo (un ancien président de Malte) donne sur une petite place et fait face à l'église du couvent Santa Teresa, où vivent des carmélites. Façade austère, seulement percée de quelques fenêtres grillagées. Beaucoup d'enfants portaient des œufs enveloppés dans des cornets de papier brillant et coloré. Leurs cris et leurs rires étouffaient encore les sons d'un orchestre qui marchait dans la ville. Tambours et cuivres. Puis la banda était arrivée, précédée de son étendard, rouge, avec un cheval dressé. Musique très gaie. Soudain des cris avaient fusé : « Attention ! Attention ! Les voilà, dégagez ! »

Le Christ ressuscité (une statue dorée, très lourde, entourée de lanternes argentées, le tout sur un plateau fixé à des brancards) avait surgi, porté par des hommes hors d'haleine. La foule sous le soleil avait applaudi. A la même heure, dans toutes les villes de Malte, des hommes couraient en portant des Christ glorieux. Les porteurs avaient présenté leur statue aux carmélites que j'imaginais rassemblées derrière le grillage. Bénédiction des œufs, applaudissements. Puis les porteurs avaient repris leur course d'égarés, suivis par la foule. Nous étions passés de la *galleria* au salon. Carmelo Mifsud-Bonnici avait ouvert quelques bouteilles de Roederer, sa mère avait partagé la *fillota*, le gâteau de Pâques. Ugo avait levé son verre en criant : *E Viva !*

Ce matin, aucun bruit dans la ville. L'élégante simplicité des maisons, leur noblesse, leurs signes extérieurs de vie (linge et fleurs aux fenêtres) et la limpidité de l'air se mêlent à un vif sentiment d'abandon. Les chevaliers, dans leur premier âge maltais, vivaient ici dans leurs auberges, qui formaient une cité dans la cité (La Valette n'existait pas encore). Je passe devant l'auberge d'Angleterre, logée dans une courbe de la rue, puis devant celle de France, toutes deux fermées et silencieuses. Quelques semaines plus tard, je reçois un appel du maire de Vittoriosa, John Boxall. Il m'invite à visiter *l'auberge* de France, en cours de restauration. C'est un homme de taille moyenne, des yeux d'un bleu très clair, cheveux frisés noirs, moustache épaisse et blanche. Je suis le premier ambassadeur à pénétrer dans les lieux depuis le départ de l'Ordre. Longtemps abandonnée, l'auberge a connu des usages successifs. Elle a abrité une école entre les deux guerres. Une bombe allemande, explosée dans le jardin, a failli la détruire. Après la Deuxième Guerre, utilisée comme scierie, Dom Mintoff voulut en faire un musée de l'Indépendance, mais ce ne fut jamais qu'un entrepôt. Finalement, le conseil municipal a menacé de démissionner si on ne rendait pas un peu de lustre à cette *auberge* de France. John a fini par gagner la partie et a commencé les travaux. Il a même fait poser des plaques voltaïques sur le toit. A l'étage, un grand hall, autrefois une loggia ouverte sur la mer, qui jouxtait l'imposante salle à manger des chevaliers. Par les fenêtres ouvertes, j'aperçois Kalkara Bay, trois voiliers à l'ancre, et même la pointe de Saint-Elmo. Sur la cheminée, une fleur de lys.

A quelques pas des auberges, le palais de l'Inquisiteur (l'œil de Rome). Les détours d'une ruelle étroite me ramènent sur le quai de la crique des Galères. L'ancienne boulangerie de la marine anglaise, les palais des dignitaires de l'Ordre, certains en ruine, envahis par les chats, la végétation (roseaux, bougainvillées, herbe folle), les ordures, les gravats, un autre transformé en casino par des Vénitiens et victime cet hiver d'un hold-up ; les gangsters sont partis avec la caisse, la police enquête.

De l'autre côté de la crique, un *patrol boat* hors d'usage, un sous-marin plein de rouille. Je m'arrête devant un marin en casquette jaune qui ponce et repeint sa *dghajsa*, la barque traditionnelle de Grand Harbour, qui descend en ligne directe des barques phéniciennes, et cousine par l'usage de la gondole vénitienne. Intrigué par ma curiosité, il m'offre la photocopie d'un plan de son embarcation. Je me dirige vers le fort Sant'Angelo, où Villiers de l'Isle-Adam s'installe dès son arrivée et dont il renforce les défenses. Ses remparts blonds dominent la marina, où les yachts de passage ont remplacé les galères, caraques, galions, naves et les speronare, ces petits bateaux à six rames, dangereux par gros temps, mais utilisés pour échapper aux corsaires. J'aperçois la silhouette effilée du *Barong* qui aligne ses vingt-huit mètres laqués d'un bleu très sombre devant le quai du Casino. Un pont en teck, un skipper anglais et deux hommes d'équipage maltais, tous dans la même livrée noire, jeans et T-shirts. Il appartient à un ami ardéchois, Pierre C., amateur de Dom Pérignon et de *puros*, qui navigue depuis quarante ans en Méditerranée.

Les galères de l'Ordre étaient noires. Chaque marine avait sa ou ses couleurs. Braudel raconte le retour de la flotte turque dans les eaux du Bosphore, après la reprise de Djerba, l'île de la laine et de l'huile, et une série de raids réussis (Gozo, Augusta en Sicile, la côte des Abruzzes) : « Piali Pacha fait à Constantinople une entrée triomphale sur la galère amirale peinte en vert, suivie de quinze galères d'un rouge rutilant et de tout le reste du cortège, au milieu des salves d'artillerie, du bruit assourdissant des tambours et des trompettes. » Depuis le départ des chevaliers de Rhodes, l'islam avait continué d'étendre sa domination en Méditerranée centrale. La chrétienté vivait dans l'angoisse. Cinq ans plus tard, les galères ottomanes seront de retour sous les remparts du Borgo.

*

Soliman l'avait promis à l'imam de la grande mosquée d'Istanbul : « J'écraserai ce nid de scorpions. » Quelques mois plus tard, le 18 mai 1565, des guetteurs signalent l'apparition de voiles suspectes au sud de l'île. « La brusque arrivée de l'armada turque sur Malte fit en Europe l'effet d'un ouragan. » Les cent soixante galères de Piali Pacha bloquent les cinq galères de la Religion dans le port du Borgo. Les troupes de Dragut, renégat d'origine grecque, captif des Génois, racheté par Barberousse, passé au service de la flotte ottomane avec une trentaine de galères, débarquent en éclaireur et courent vers le fort Saint-Elme. Le Grand Siège de Malte, par terre et par mer, vient de commencer. L'île est submergée. Les chevaliers sont encerclés dans le fort Saint-Elme, le Borgo et ses deux forts (Saint-Ange et Saint-Michel).

Le siège dure quatre-vingts jours, sous un soleil qui annonce le désert.

★

Reçu au printemps dernier un roman américain (*La Religion* de Tim Willocks) sur le Grand Siège, par la poste. Je donne cette précision car le courrier me parvient aussi par la *valise*. Cette valise diplomatique, du courrier serré en sac de tissu plastifié, fermé par scellé et parfois barré d'une bande tricolore, arrive une fois par semaine à La Valette. La plupart des livres qui m'ont été envoyés par cette valise ont été volés. Il paraît qu'il ne fallait pas que j'en fasse une affaire. La valise diplomatique, sous-traitée, comme le reste, est moins sûre que la poste. Je n'ai rien dit, et la valise a continué de ne pas m'apporter les livres qu'on m'envoie. C'est donc par la voie traditionnelle que j'ai reçu un livre de Milan Kundera, *Une rencontre*. L'arrivée de ce livre à Zebbug m'a surpris, pas seulement à cause de la dédicace, *Pour Daniel, mélancoliquement, son ami*, qui m'a fait penser à mes rencontres avec Milan et Vera chez eux, rue Littré, ou à nos déjeuners dans un restaurant vietnamien en bas de son immeuble, au début des années 80. J'aime sa façon de camper à l'écart de la comédie littéraire et de ses graphomanes qui nous sont moins utiles qu'un plombier moyen. Un livre de Kundera est une présence amicale et stimulante. Il est agréable de réfléchir en sa compagnie à l'histoire, à l'Europe et au roman, à la vie. Quand ce livre était arrivé, je m'étais dit : « Tiens, Milan ne m'a pas oublié. » Il aborde des thèmes variés qui prolongent la réflexion de ses livres précédents, notamment *Les Testaments trahis* et *Le Rideau*. Ce matin, cette phrase, pourtant lue plusieurs fois, me saute à la figure. « La Martinique, intercession multiple ; carrefour des continents, un tout petit bout de terre où la France, l'Afrique et l'Amérique se sont rencontrées. Oui, c'est très beau. Très beau sauf que la France, l'Afrique et l'Amérique s'en fichent pas mal. Dans le monde d'aujourd'hui, on entend à peine la voix des petits. La Martinique : la rencontre d'une grande complexité culturelle et d'une grande solitude. » Bien sûr, je pense à Malte, à sa complexité, à sa solitude, convoitée mais toujours oubliée, terre minuscule où l'Europe (et singulièrement la France), l'Afrique, l'Orient se sont rencontrés.

Les voies de la rencontre sont toujours improbables. En Martinique, l'esclavage a été décisif. A Malte la phénicienne, l'Europe, l'Orient et l'Afrique se parlent depuis toujours. Le commerce, comme la guerre (ou les croisades), paradoxalement, ont été des accélérateurs. L'Europe du Moyen Age était *saturée d'Orient*. La guerre remue toutes les passions. « Passions d'Europe, passions d'Orient », écrit sagement Braudel.

J'arrive chez Fra John Critien un matin de janvier par une longue montée à travers fossés et murailles. Fra John m'attend en haut des marches, au soleil. De taille moyenne, une silhouette confortable, très *casual* chic, le temps des armures est passé : un cachemire enfilé sur une chemise bleue, un pantalon de toile, des mocassins. Le sourire rapide. De fines lunettes d'écaille ne cachent pas le bleu de ses yeux. Ses joues hâlées sont mangées par une barbe courte et blanche, de la même couleur que ses cheveux, plutôt rares. Ce Maltais, depuis longtemps le seul occupant du fort Saint-Angelo, veille solitairement sur l'ancien *castrum maris* de Malte.

Je lui demande comment l'on devient une sorte d'ermite-chevalier de notre temps, assigné à la garde d'un pareil lieu (même si sa solitude a des limites. Fra John a reçu Sharon Stone dans son salon fortifié et l'actrice lui a fait ses confidences). Il sort une cigarette de son paquet de Rothmans et sourit avant de répondre : « J'avais fait des études d'histoire de l'art à l'université de Malte, travaillé comme professeur d'anglais et traducteur en Toscane, quand deux amis, Marcello et Lalla, m'ont embarqué dans un voyage à Lourdes. C'était un cadeau, je n'ai pas pu refuser. Ensuite j'ai organisé plusieurs pèlerinages d'étudiants à Lourdes, d'où je revenais en rapportant plutôt du foie gras que de l'eau bénite. Quand j'avais rencontré ce couple, je n'étais pas un play-boy, mais un célibataire de trente ans qui profitait de la vie. Au moment d'entrer dans la quarantaine, j'ai décidé de choisir la vie qui serait la mienne. J'hésitais entre le mariage et Dieu. Après quelques expériences spirituelles, je suis devenu chevalier de justice en 1983, puis ensuite chevalier profès, et j'ai prononcé mes vœux, chasteté, obéissance, pauvreté. » (Seuls les chevaliers qui prononcent des vœux sont profès. Les autres sont dits chevaliers de justice à condition de prouver leurs huit quartiers de justice. Les roturiers sont admis en tant que chevaliers de grâce.)

La terrasse de son oppidum, protégé par un cavalier, donne sur Grand Harbour et domine la mer. Le fort, adossé au Borgo, ouvert sur le port et le ciel, face à La Valette, prend à témoin le passé méditerranéen. Ici, les Phéniciens avaient construit un temple à Astarté, les Grecs à Héra, les Romains à Junon, les chrétiens une chapelle (troglodyte) à sainte Marie, une autre à sainte Anne ; les Arabes, les Siciliens, les chevaliers en firent leur forteresse. Pendant le Grand Siège, des remparts de Saint-Angelo, La Valette vit les cadavres de plusieurs de ses chevaliers crucifiés et éventrés par les Ottomans, jetés à la mer et portés sur leur croix par les courants jusqu'aux remparts du fort. Il répliqua en bombardant les Turcs avec des têtes de janissaires faits prisonniers au combat.

Fra John m'ouvre la porte de la chapelle Sainte-Anne, me montre une colonne de granit rose, la plaque et le médaillon de la tombe de Villiers de l'Isle-Adam, premier chevalier occupant des lieux (plus tard enterré dans la crypte de Saint-Jean). Un détour par le *piano nobile*, tout d'élégance sicilienne, pour visiter la bibliothèque, avant de rejoindre ses appartements. « Je suis arrivé ici en décembre 2000 avec mes livres et mes meubles de Pise et de Rome. Le soir même, le fort a été pris dans une tempête effroyable, comme il en survient à Malte. Vents violents, terrifiants, pluies diluviennes, éclairs, roulements de tonnerre. Et naturellement plus d'électricité, plus de téléphone. Je me suis laissé tomber dans un fauteuil et je me suis dit : *Oh my God !* Qu'est-ce que je suis venu faire ici ? Pourquoi ai-je quitté le confort de la via Condotti (siège de l'Ordre à Rome) où je venais de passer sept années merveilleuses ? Et finalement je suis toujours là, heureux, même si j'ai besoin de breaks. Tous les deux mois, je prends un avion pour Londres, Milan ou Paris. »

Les gravures de son appartement parlent de l'histoire de l'Ordre. L'une d'elles représente une vue du palais du Temple, à Paris. Les biens des Templiers avaient été attribués aux chevaliers de Saint-Jean. Le carré du Temple forma longtemps une ville dans Paris et était le siège du Grand Prieuré de la langue de France. Pendant la Révolution, Marie-Antoinette et la famille royale, arrachés aux Tuileries, souffrent la première et longue station de leur supplice dans la tour médiévale du Temple. Je pense aux liens mystérieux qui attachent la Reine à Malte. Sa prison, mais aussi Cagliostro, alias Joseph Balsamo, qui joue un rôle trouble dans l'affaire du collier. Cagliostro était un « Arabe maltais se disant fils d'une musulmane parente du Chérif de La Mecque, élevé chez le Mufti de Médine, n'étant, au vrai, qu'un bordellier professionnel (de sa propre femme), grimé en fakir mondain », dit Massignon.

L'auteur de *La Religion*, Tim Willocks, vient de l'Amérique du cinéma et du roman noir. Alexandre Dumas, Steven Spielberg et James Ellroy semblent avoir veillé sur sa résurrection du Grand Siège. Tim Willocks fait revivre l'angoisse des enfermés, la résistance de la population (hommes, femmes, vieillards, enfants), le massacre des chiens aux premières heures de cette *Iliade maltaise*.

Parisot de La Valette, grand maître français, ancien esclave des Barbaresques (il parle l'arabe, mais aussi le turc, l'italien, l'espagnol, le grec), avait déjà connu le siège de Rhodes, par le même Soliman. « Lors du siège de Rhodes, disait-on, La Valette avait vu le peuple manger des chiens et des rats. Pire, les chiens avaient mangé les cadavres. Il avait donc décrété qu'à Malte la mort viendrait pour tous avant qu'une telle dégradation ne soit tolérée. » (Le lévrier blanc qui hante les premières pages du roman me fait penser au « chien couleur de cendre, une lune blanche au front » du livre de Márquez, *De l'amour et autres démons*.)

La baie de Marsamxett est transformée en port turc, animé par une noria de bateaux venus d'Alexandrie ou de Tripoli, chargés de munitions, de bétail, d'or et de vivres, et de glace pour les sorbets des généraux. Jamais de voyage à vide. Au retour, blessés et mourants s'entassent dans les cales. L'opium est en vente libre dans les tentes et les pavillons de *l'ordu bazaar*, intendance mobile de l'armée turque, avec ses forgerons, ses apothicaires, ses armuriers, ses épiciers, ses bottiers, ses tailleurs, ses confiseurs, ses orfèvres, ses joailliers, ses maçons, campés dans la plaine de Marsa. L'ordinaire de l'horreur prend ses quartiers dans l'île assiégée. L'odeur de la mort a chassé les fragrances de laurier et de jasmin. Des colonnes de mouches pourrissent le bleu du ciel en surplomb des fossés où dorment les morts.

Abandonnés par la chrétienté qui regarde ailleurs, huit cents chevaliers européens, une centaine de servants d'armes, un gros millier de soldats, et environ dix mille Maltais, hommes et femmes, défendent leurs positions, étranglés par l'efficace machine de guerre ottomane. Près de quarante mille hommes sont réunis derrière le pavillon de soie solaire du Sultan Mustapha et la bannière de guerre noire du Prophète, marquée de la *Shahada* : « Il n'est d'autre Dieu qu'Allah et Mahomet est son prophète. » Pourtant l'armée turque ébranlée par la résistance maltaise reprend la mer avant les premières tempêtes d'automne, le 8 septembre, fête de la Nativité de la Vierge. L'on raconte qu'en arrivant à Constantinople, le premier réflexe des hommes de Piali Pacha fut de dire : « *Malta yok !* Malte n'existe pas ! »

Jean Parisot de La Valette fait célébrer un *Te Deum* dans la vieille église des chevaliers, à Borgo. « Je dis que c'était le plus beau que je vis jamais », écrit le sieur de Bourdeille, alias Brantôme, qui s'était porté volontaire et avait rejoint les assiégés avec trois cents jeunes capitaines d'aventure nommés Cossé-Brissac, Romégou ou Jean de la Rivière. « Le plus beau parce qu'il était accompagné de dévotion et de guerre tout ensemble. » La victoire de Malte annonce celle de Lépante, six ans plus tard, la fin de l'enchantement de la puissance turque. Cinq galères de la Religion ont participé à cet affrontement naval.

⋆

Siège de Malte (1565), bataille de Lépante (1571), publication de *Don Quichotte* (1605). « Ni Homère, ni Virgile, ne connurent l'humour, écrit Octavio Paz. L'humour ne prend forme qu'avec Cervantès. » Histoire des hommes, histoire du roman. Cervantès, embarqué sur la galère *Marquesa*, fut l'un des acteurs de Lépante. Mal soigné, ayant perdu la main gauche, emportée par un coup d'arquebuse, « blessure que malgré sa laideur, il tient pour belle car il l'a reçue dans la plus mémorable et haute occasion qu'aient vue les siècles passés », il gagne pour la postérité le surnom de « manchot de Lépante ». Engagé dans des combats méditerranéens sur terre et sur mer, il navigue à l'automne 1575 sur la galère *El Sol*, qui rallie Naples à l'Espagne. Non loin des côtes catalanes, cette galère est abordée et prise par des pirates d'Alger. Cervantès est emmené comme esclave. Plongé dans le chaudron d'Alger, qui mêle corsaires de toutes origines, soldats ottomans, esclaves noirs et captifs de rançon, artisans morisques et marchands juifs, il reste demi-captif pendant cinq ans, « au cours desquels il apprit la patience et l'adversité ». Il échappe à la mort malgré quatre tentatives d'évasion. Rentré en Espagne, il se tourne vers cette « invention qu'il a reçue du ciel en partage et dont il est le plus fier » pour écrire *Don Quichotte*.

★

La Valette décide de construire une cité imprenable sur la presqu'île Sciberras, que terminait le fort Saint-Elme. L'épine dure du mont Sciberras fait face au Borgo et contrôle l'entrée de la Grande Marse (aujourd'hui Grand Harbour). Huit mille hommes sont mis au travail à un rythme accéléré. Quatre ans plus tard, les chevaliers déménagent à nouveau. Ils quittent le Borgo pour leur palais, leurs hôtels, leurs auberges et leurs églises dans la première ville neuve d'Europe, bâtie sur plan, sans nivellement préalable. Le passé vit toujours dans les rues étroites de La Valette. Unité et diversité des façades, balconnets en bois et en pierre, portes dessinées, armoriées, linge aux fenêtres, et paniers jetés des étages puis remontés par une corde, au passage du boulanger, couvents silencieux, or et encens des églises, cris des enfants, bannières rouge et jaune, alignements d'élégants entrepôts, quais monumentaux.

★

Parisot de la Valette meurt pendant l'édification de la cité qui portera son nom, le 1er août 1568. Son cercueil est porté sur sa *capitane* désarmée, sans arbre, tirée par deux galères armées, drapées de noir, et traînant dans l'eau des enseignes et des drapeaux pris aux Turcs ou aux Barbaresques. Le cortège, suivi par ses deux galères personnelles, parées de noir, passe devant Saint-Elme et entre dans Marsamuscetto où les gens de sa maison, tous en grand deuil, torches ou dépouilles de l'ennemi à la main, débarquent les premiers, suivis par le clergé et l'Ordre qui chantent les cantiques des morts. La procession chemine sous un soleil lourd dans les rues de la ville jusqu'à Notre-Dame-de-la-Victoire. C'est par un jour de même chaleur suffocante, un peu après le

15 août 2010, que nous suivons les funérailles de l'ancien président-chevalier Guido de Marco, le premier ami que Malte m'ait donné. A notre arrivée dans Saint-John, tous les éventails sont en action dans la nef tendue de noire.

Noir du marbre des tombes, des costumes, des cravates, des brassards de deuil sur le bras des soldats qui veillent le corps en lui tournant le dos, fusil retourné, noir des robes, des mantilles (seule la dernière petite-fille de Guido porte une robe blanche virginale), noir des manteaux des chevaliers de l'Ordre, des lunettes qui mangent les yeux des femmes, et noires les djellabas du Premier ministre koweïti, cheikh Nasser Al-Jaber Al-Sabah et de ses vingt-cinq ministres et conseillers. (Guido, alors président de l'assemblée générale de l'Onu, avait fermement soutenu le Koweït lors de son invasion par l'armée de Saddam Hussein.)

Après la messe, le cercueil quitte la co-cathédrale sous des applaudissements qui l'accompagnent dans les rues de La Valette qu'il parcourt pour la dernière fois. La fanfare de son village enchaîne des hymnes funèbres et des valses lentes du Vendredi Saint. Les chevaliers, les ambassadeurs puis quelques prêtres en dalmatiques noires et un crucifix précèdent le cercueil. La parentèle et le gouvernement ne forment qu'une famille derrière le corps. De Castille à l'entrée de Floriana, le cortège coule entre le port de la Marsa et la crique de Marsalforn, s'étire avec lenteur et se discontinue. De part et d'autre de la corniche, il y a des bateaux, des grues, des avions au-dessus de nos têtes, la palpitation ralentie de la ville. Soha Arafat me dit qu'elle pense à l'enterrement de son mari, à la Moukata, siège de l'Autorité palestinienne à Ramallah, en novembre 2004. Une brume de chaleur casse l'ardeur du soleil et des sons. Loin des prestiges du pouvoir, en avant du mort, nous avançons d'un pas somnolent, presque dansant, dans une lumière gris-rose qui annonce déjà la nuit, en nous abandonnant à cette musique d'une tristesse implacable, à ces valses poignantes mais sans mélancolie qui font tourner nos cœurs et les robes sombres des femmes.

*

Humour : l'histoire n'en manque pas. La muraille édifiée par La Valette, cité idéale parce qu'imprenable, n'a servi à rien. Après

Lépante, la petite île de Malte et ses chevaliers tombent dans un trou d'air de l'Histoire. Les guerres sont (presque) finies. L'Ordre continue, le commerce reprend ses droits. La Méditerranée a toujours été une *zone de libre-échange automatique*. Malte devient le premier centre d'échanges maritimes méditerranéen pour deux siècles. Les chevaliers participent encore à quelques campagnes d'importance contre les Barbaresques ou les Turcs (guerre de Candie ; guerre de Venise contre les Turcs), mais le cœur n'y est plus.

Chevaliers et Maltais arment en course, encouragés par les grands maîtres qui prennent leur pourcentage sur les prises (10 %). Les galères de Malte (comme les galères espagnoles, siciliennes, grecques ou toscanes) « dégraissent » les navires marchands qu'ils rencontrent, saisissent les frets des marchands juifs ou arabes, sans respect pour le pavillon qui les abrite. Dès 1565 des plaintes juives signalent les vaisseaux des « très méchants moines de Malte ».

Le *corso maltese* permet de ravitailler l'île à peu de frais et de financer les plaisirs et les entreprises des chevaliers. Tous leurs vœux sont bousculés, et pas seulement le vœu de chasteté. La piraterie devient *leur péché mignon*. Le jeu, la chasse, les affaires distraient les désœuvrés qui sont nombreux à quitter les auberges pour s'installer en ville. Les caravanes sont devenues des croisières protocolaires. Les navires de l'Ordre naviguent de fête en fête. A Baïes, en 1775, sur le golfe de Pouzzoles en Italie, une grande réception est donnée à bord du *Saint Jean*. Dîner par petites tables avec un « superbe ambigu » et bal jusqu'à l'aurore. L'île se passionne pour le théâtre, comme le reste de l'Europe. En 1731, Manoel de Vilhena fait construire un théâtre dans une petite rue de La Valette, non loin du palais magistral. Le dimanche soir est réservé aux représentations données par les chevaliers. (Les troupes de bouffons venus d'Italie n'ont pas le droit de jouer ce soir-là.) Les Français jouent Diderot (*Le Père de famille*) ou Destouches (*L'Ecole des maris*), les Italiens chantent des opéras sérias sur des livrets de Métastase, les pages sont requis pour les voix de soprano.

Parfums de *dolce vita*. Bals, fêtes, dîners aux chandelles. Liaisons plus ou moins dangereuses, dans les palais, les jardins et les ruelles de La Valette *by night*. Enlèvements de femmes ou de jeunes filles. Duels. Scandales. Les chevaliers, moines et soldats, ont toujours été des esprits singuliers, audacieux, épris de liberté. Leur terrain d'aventure a changé. Ils chassent sur la carte du tendre et succombent au charme des Maltaises. Prostituées et courtisanes ont pignon sur rue. Ce n'est pas nouveau. La Cassière, grand maître français (1572-1581), victime du jeu des ambitions et des querelles de pouvoir, avait été arrêté sous prétexte d'excès de puritanisme après avoir tenté de mettre un peu d'ordre dans les mœurs de son île. Il avait quitté La Valette pour mourir à Rome, sous les quolibets des filles du port. Adrien de Wignacourt est surpris dans son lit avec la femme d'un marin ramené prématurément au port par le mauvais temps. Devenu grand maître (1601-1622), il ordonne que chaque bateau entrant dans le port soit annoncé au canon.

L'île est passée de la chevalerie à l'aristocratie, du Grand Siècle aux Lumières. Le dernier grand maître français, Emmanuel de Rohan, homme pondéré, libéral, entreprenant (il fait construire un observatoire à La Valette), réformateur, soucieux d'éducation, de bonne gestion (il fait fondre une partie de l'argenterie de l'Ordre pour diminuer la dette) et de bonne administration (il est l'initiateur du Code Rohan), connaît plusieurs bonnes fortunes avant de tomber amoureux de sa jeune cousine, Marie de Rohan, qui vivait à La Valette. Certains prétendent qu'elle serait enterrée à Saint-John.

Un voyageur archéologue, le comte de Caylus, écrit au printemps 1715 : « La débauche est grande (...) et Malte aurait pu mériter l'épithète de Sodome ou Gomorrhe-la-Cadette. » Le cœur nu dépouillé de ses biens et de ses passions appartient au passé. Jérusalem n'est plus dans Malte. Les chevaliers auront vécu à Malte pendant presque trois siècles. Ils quittent l'île en 1798, mais emportent son nom.

Malta Hanina

Malta hanina, hobza u sardina. Les immigrés maltais en Tunisie, qui se languissaient de leur île, se retrouvaient le soir dans des cafés de Tunis ou de La Goulette pour chanter ce qu'ils avaient fui et qui maintenant leur manquait : Malte l'Aimée, la Généreuse, un morceau de pain et une sardine.

La route qui mène de La Valette à Mdina est bordée de vieux pins d'Alep. Des oliviers multiséculaires ombragent les jardins de Zebbug. A St-Paul's Bay, quelques chênes-lièges (en maltais : *il-balluta*), vieux de mille ans, forment encore une petite forêt. Ils ont donné leur nom au site (Balluta) irrigué par une source. Le pin d'Alep, l'olivier et le chêne vert : les trois arbres du blason méditerranéen.

Les oreilles de la mer. C'est le nom de la fleur nationale maltaise (en anglais : *Malta knapweed*), une plante rare, qui se plaît sur la rocaille, fleurit à la fin de l'été, prospère sur la lande de Ta Cenc à Gozo, d'où elle peut entendre le bruit des vagues. Ses pétales et ses feuilles sont toujours tournés vers la mer.

Un universitaire français a publié à Malte la correspondance d'un marchand d'oranges, épicier de luxe à Paris, et de son fils abbé, attaché à l'ordre de Saint-Jean. Les arbres voyagent avec les hommes, sur les routes du commerce et des invasions. L'oranger vient d'Asie. Les Arabes longtemps l'appellent Chine (*Sin*), puis plus tard Portugal (*burtuqâl*), quand les Portugais, au XVe siècle, rapportent de Ceylan et de Chine une nouvelle variété d'arbre qui donne des oranges rouges, très juteuses, les futures maltaises. Elles resteront maltaises en Tunisie, quand des émigrés maltais emporteront sur l'autre rive leur arbre préféré. Les Arabes l'avaient acclimaté en Afrique, en Sicile et dans le sud de l'Europe vers l'an 1000. Il est signalé à Malte dès le Haut Moyen Age et l'installation des chevaliers. L'oranger reste longtemps un arbre paradisiaque et un plaisir égoïste.

Madame Adelaïde, troisième fille de Louis XV, louait un jardin d'oranges à Malte, pour sa consommation personnelle. L'entretien du jardin est confié au chargé d'affaire du Roi. Les grands maîtres envoient des caisses d'oranges comme cadeaux diplomatiques. La correspondance entre Savoye l'épicier et son fils l'abbé nous parle aussi de la bourgeoisie malto-provençale, de l'incontournable chambre de commerce de Marseille, de la culture du coton, des graines de chou-fleur et de brocolis, du miel, de pommade au jasmin, du vin muscat de Syracuse, des citrons, de la grotte de Saint-Paul (la poussière de ses parois mélangée à l'argile entre dans la composition d'un breuvage miracle contre les morsures de serpent), à l'époque où Malte fournit toute l'Europe en oranges.

Posée sur la lande des falaises, une couronne de tours de guet. Langage des feux jadis allumés en leur sommet (une fois dits les *Ave Maria*). Un feu : la mer est libre ; deux feux : un navire en vue. Trois feux : deux navires à l'horizon.

Le port minuscule de Ghar Lapsi, avec ses bassins d'eau transparente ou vert émeraude, ses grottes, ses falaises, ses pêcheurs debout dans leur barque, leurs femmes qui jouent au loto dans des recoins d'ombre, son bar minuscule : j'y reviens toujours. Un homme, l'un de ceux que j'ai l'habitude de croiser de loin, traverse la terrasse pour me parler. Béni Catana, retraité du Corinthia Hotel, vient quotidiennement de Siggiewi, pour pêcher ou pour regarder la mer. Il parle de l'île de Filfla, au large de la côte, aujourd'hui réserve naturelle dont l'accès est interdit, et où les pêcheurs allaient autrefois suivre la messe du dimanche, avant que les artilleurs britanniques ne la prennent comme cible pour leurs entraînements et la réduisent de moitié. Une centaine d'hommes continue de pêcher dans cette échancrure de la côte. Béni me fait les honneurs de sa cave à bateaux. Vus de l'extérieur, ces trous dans la roche sont de proportions insoupçonnables. Son hangar abrite deux grosses barques et du matériel de pêche, mais aussi une table et des chaises, et peut servir de dortoir pendant les nuits d'été. Aux murs, une photo encadrée de pêcheurs d'autrefois, et un petit autel qui supporte une vierge de douleur en plâtre. Des palmes fraîchement coupées sont rangées dans le bas d'une étagère. Béni va les tresser pour en faire une sorte de radeau (appelé *cima*) qui sert de piège aux lampukas (dorades coryphènes), le poisson favori des Maltais. Les pêcheurs posent ces radeaux sur l'eau. Les premières dorades de septembre se rassemblent sous leur ombre, et les patrons de barques n'ont plus qu'à jeter leurs filets. La saison des lampukas dure plusieurs semaines, puis les *cimas* finissent par sombrer. Leurs palmes imputrescibles tapissent les fonds des bords de l'île.

★

D'immenses troupeaux de thon passent au large de Malte au printemps (et notamment entre Ghar Lapsi et Filfla), venus de l'Atlantique par le détroit de Gibraltar, avant de gagner la Sicile. Les Phéniciens avaient établi des pêcheries sur la côte espagnole. Les Romains raffolaient de sa chair rouge conservée dans le sel. Les Maltais (à Mellieha Bay), comme les Siciliens (notamment dans l'archipel des Egades, à Favignana), ont utilisé jusqu'à une époque récente les ancestrales méthodes de pêche arabe. Ils attendaient l'arrivée des thons dans les criques où ils venaient se reproduire, après avoir placé sur leur chemin des filets attachés à des lignes de pieux. Les bancs longeaient l'obstacle jusqu'à un passage les menant par un curieux dédale de « chambres » jusqu'à une dernière nasse appelée la *camera della morte*. Quand le *raïs* (ou *rajjes* en maltais) estimait leur nombre suffisant, il donnait le signal de la *mattanza* (le massacre). Les pêcheurs, debout dans leurs barques autour de la *chambre de la mort*, remontaient lentement les filets et harponnaient les thons, pesant alors entre 100 et 300 kilos. Les hommes rythmaient la mise à mort en chantant des cantiques à Dieu-Alla, pendant que tout autour d'eux la mer devenait rouge. Ensuite les thons recouverts de glace étaient transportés à dos d'homme et de mule jusqu'au marché au poisson de La Valette.

La pêche au thon aujourd'hui mobilise des flottilles de thoniers (et même des avions radar), armés par des Français, des Maltais, des Italiens, des Espagnols, des Libyens, des Grecs qui capturent les thons (plus jeunes et moins imposants) après leur entrée en Méditerranée, en mai et en juin. Certains sont vendus sur place à des Japonais. Chaque semaine, en période de pêche, un avion-cargo s'envole de Malte pour Tokyo avec vingt tonnes de thon dans ses soutes. Mais la plupart des prises sont enfermées vivantes dans d'énormes nasses, remorquées par de poussifs bateaux de pêche qui se relaient jusqu'aux fermes stationnées dans les eaux maltaises, espagnoles ou grecques où les thons sont engraissés. Je rejoins un jour d'octobre Hubert Mifsud à Bugibba. Un rafiot nous emmène en mer, sur une zone de *fish farms*, pas très loin de l'île Saint-Paul où les thons pêchés au printemps sont massacrés. Des ouvriers, debout sur la passerelle circulaire, harponnent les thons tués par balle dans la nasse par des plongeurs et les remontent un par un sur un bateau amarré à la ferme d'abattage. Lavés à grands jets, attachés par bouquets de cinq à l'anneau d'une grue télescopique, ils sont transférés sur un caboteur qui les emporte sur un bateau-usine japonais, à moins d'un mille nautique. Ils sont aussitôt congelés, transformés en sushis, et quand les cours du marché l'exigent, les plus belles pièces sont expédiées par la voie des airs à Tokyo où elles sont vendues aux enchères, à prix d'or, le lendemain matin. La mort des thons est une opération industrielle, menée avec des moyens quasi militaires. La mer est rouge mais nous sommes loin de la *mattanza*, qui mettait en scène le combat des hommes et de la nature, sous le regard de Dieu.

*

Notre corps et notre esprit ont faim de mouvement et nouveauté. Nous avons tous besoin d'ailleurs. « *Wolle die Wandlung*, désire tout changement », écrivait Rainer Maria Rilke. L'ailleurs de Stendhal, c'était l'Italie. Celui d'Alberto Moravia, l'Afrique. Il m'en avait parlé un jour de mai, à Rome, en 1983 : « Je trouve mon énergie dans la brousse ou chez les Pygmées. J'ai remonté deux fois le fleuve Congo. J'ai traversé la grande forêt jusqu'au lac Tanganyika. J'ai refait le chemin de Gide. Aux abords du lac Rodolphe, j'ai lu le livre de Deleuze sur Nietzsche, entouré par d'inquiétants guerriers, armés jusqu'aux dents. » Chacun élit son havre pour renaître. La Méditerranée a toujours été mon impatience, même si je ne la connaissais que par mes lectures. Edgar Morin me dit un soir (à Zebbug) : « Tu es un néo-méditerranéen. »

★

Il existe encore un sentiment antiturc très profond, qui se loge dans les devises gravées sur certaines portes de la ville, mais aussi dans les mots des parents réprimant leurs enfants : Si tu n'es pas sage, le Turc viendra te prendre !

★

Influences. La Sicile ou la télévision ? Un inspecteur de la police maltaise avait imposé à l'un de ses collègues un rite de la *Cosa Nostra*. Il lui avait entaillé le poignet, fait couler un peu de sang sur une image pieuse avant de la brûler. Puis il avait dit en italien à son camarade que toute trahison serait punie par le sang. Le ripou s'était créé un univers qui prolongeait celui d'une série culte de la télévision, *Il Capo dei Capi*, le Parrain des Parrains. Son collègue vient de raconter son histoire à un tribunal maltais, quelques années plus tard.

★

La Fédération maltaise de boxe organise une soirée à l'hôtel Topaze, un établissement de deuxième catégorie situé à Saint Paul's Bay, fréquenté par de vieux Anglais. Retraités de la *Navy* ou du *Civil service* pour la plupart, ils ont pris l'habitude de revenir passer chaque hiver quelques semaines sur l'île. Pour trouver le ring, installé dans un lointain sous-sol, il faut traverser plusieurs bars et des salles conjointes, dédiées à Internet, où ces permissionnaires du troisième âge tuent des soirées trop longues. Des couples, assez débraillés, juchés sur des tabourets, les joues briquées par le soleil, s'ennuient en silence et boivent des bières avec lenteur. La radio du bar matraque en sourdine des airs des *sixties*. Des solitaires, assis l'un à coté de l'autre à des tables basses, interrogent les écrans des ordinateurs mis à leur disposition par l'hôtel. L'ambiance, celle d'une maison de retraite dans la banlieue de Liverpool, change dès que l'on pousse la porte d'une vaste salle aux murs rouges, à l'extrémité du labyrinthe, où les premiers combats (ceux des débutants) ont commencé depuis près d'une heure.

Le ring, couleur bleu électrique, monté entre quatre piliers, est entouré de chaises rangées au carré. Un brouhaha permanent, dominé par des encouragements répétés, des conseils rauques, à pleine voix, « Allonge ! Ton gauche ! Tu l'as ! Achève-le ! Tue-le ! ». Parmi les deux ou trois cents personnes de l'assistance, un régiment de jolies filles, bras nus, décolleté panoramique, moulées dans des jeans noir ou dans des jupes beaucoup plus courtes que les shorts des boxeurs, comme si toutes les beautés de Malte s'étaient donné rendez-vous dans ce sous-sol. Elles ne sont pas les dernières à crier et à trépigner. Parmi cet étalage de jeunesse, un Anglais en blouson de cuir, boxeur professionnel à la mauvaise réputation, mais très entouré, venu en spectateur, quelques hommes aux visages burinés, vissés sur de solides épaules, d'anciens ouvriers des rings, parfois accompagnés de leur femme, qui commentent chaque combat. Un cameraman filme la soirée et ses images sont projetées immédiatement sur un écran géant. Tout le monde est une star.

Pour l'instant, le visage chiffonné d'un petit teigneux monopolise l'écran. Très pâle, maigre, un ventre de vairon, les cheveux frisés, Carmel court autour de son adversaire, les bras ballants, et se précipite dès qu'il le peut pour lui envoyer des coups qui ne touchent pas. Son adversaire, un faux blond avec une crête, même âge, même gabarit, se contente de l'attendre, sans se fatiguer. A chaque assaut, il se protège puis contre-attaque, toujours de la même façon. Une gauche, une droite, puis il termine par un crochet. Basique, mais efficace. Ses frappes font un bruit mat. La foule se lève et hurle. Carmel, compté deux fois, déjà à bout de souffle, a perdu sa lucidité. Deux fois, il se relève, mais l'arbitre, un homme d'une trentaine d'année, en chemisette blanche et nœud papillon, arrête sagement le combat. Il faut tirer Carmel par les aisselles et l'asseoir sur un tabouret en urgence dans un coin du ring. Le médecin arrive, l'ausculte sommairement et dit que « ça va aller ». Le blondinet lève les bras. Applaudissements. Carmel est évacué vers les vestiaires, à moitié groggy. Un jeune fanfaron arrive en labourant l'air avec ses poings sur un air de rap. Il enjambe les cordes, salue le public et exhibe sa devise imprimée sur son short en caractères énormes : *The Punisher*. La correction sera pour lui. Courbé par les coups et les sifflets, il est vite expédié, l'arcade gauche déchirée et la tête basse. La médiocrité générale de son comportement a tué l'ambiance.

Les combats s'enchaînent dans une certaine indifférence. Pendant les temps morts, les spectateurs bavardent ou sortent fumer dans la rue. Certains changent de place. Mon nouveau voisin, un homme dans la quarantaine – la tête et les épaules rondes, le poil ras –, me dit en français qu'il se nomme André Zeitoun. « Je suis un ancien boxeur, fils d'un champion d'Israël. Ma mère est maltaise. Tu pourras me trouver sur Internet. Je suis reconverti dans la boxe thaïe. » Il s'éloigne quand la foule se ranime avec l'entrée en scène de boxeurs plus confirmés. Le long début de la rencontre n'était qu'un préambule. Maintenant commencent les choses sérieuses. Les amateurs sont revenus de leurs bavardages et de leurs cigarettes.

Le clou de la soirée est le combat d'un boxeur de l'armée maltaise et d'un champion d'un club de Mosta. Les deux boxeurs se cherchent, s'évitent, se reniflent du gauche, se frottent les côtes, front contre front, garde fermée, ils échangent leur sueur. L'arbitre les sépare et ils reprennent leur ronde rituelle. La foule suit presque silencieusement leurs déplacements, guettant l'assaut qui déclenchera la fureur. L'étincelle peut survenir à tout instant. Soudain le boxeur de Mosta accélère la cadence. Tête baissée, il trouve une série d'ouvertures. Et il frappe. Il frappe à la tête, au corps, à la tête, au corps. A chaque fois, le militaire déplace sa garde avec une fraction de seconde de retard. Il vacille. La foule hurle. Le champion de Mosta vient de prendre l'avantage. Il sera bientôt déclaré vainqueur aux points. La foule acquiesce, personne ne conteste la justice du combat. Les deux hommes s'embrassent. Deux photographes mitraillent le vainqueur.

J'ai accroché mon sac de boxe à une branche du caroubier, dans le fond du jardin. Le sac pendu par une chaîne ressemble à une caroube géante. La vie est une boîte à surprises. Découverte de la boxe à l'île Maurice ; initiation en Champagne, sous la férule d'un ouvrier de cave, Jérôme, ancien boxeur professionnel ; perfectionnement à Malte, avec David, policier de l'ambassade, sous le caroubier. Deux gentlemen. La boxe forme aux bonnes manières et à la lucidité. J'admire les boxeurs, leurs qualités vitales – humilité, volonté, courage. Dans le sport comme ailleurs, j'ai été gouverné par diverses passions. A douze ans, la natation (dans les eaux vertes de la Marne, dès le mois de mai) et l'athlétisme. Je courais au saut du lit. Mes parents m'ont offert une paire de chaussures à pointes, rouge, avec des bandes blanches. Une chute d'échelle a brisé ma foulée. Je m'étais promis de voler sur les cendrées et je me retrouvais cloué à une planche de bois glissée sous mon matelas, puis enchaîné à des béquilles, avec mes pointes dans leur carton, toujours graissées, emballées dans du papier de soie. J'ai repris le sport à l'âge où les autres décrochent. Tennis, squash, jogging, boxe. Sans être jamais bon en rien. C'était trop tard. « Dommage que l'on ne se soit pas rencontrés plus tôt, m'a dit Jérôme le caviste, j'aurais fait quelque chose de toi. »

Wolle die Wandlung (2). J'observe le caméléon qui se déplace avec lenteur dans le jardin et note ses variations de couleur quand, assez acrobatiquement, il passe du balustre en pierre au feuillage des papyrus et des papyrus aux troncs lisses des orangers. Il change tout en restant le même. Le cuir usé de mes gants de boxe : les deux extrémités de ma dernière peau d'homme.

La boxe est une activité paradoxale, assez comparable à l'écriture. Plus un art de l'esquive et de la lucidité qu'une technique de frappe, elle enseigne le respect du prochain (pas la haine de l'adversaire), et fabrique plus d'énergie qu'elle n'en consomme. J'avais parlé de l'énergie avec Anthony Burgess, l'auteur d'*Orange mécanique*, à l'automne 1983, dans les salons du Roxburgh Hotel, à Edimbourg. « L'énergie, la vitalité esthétique est fondamentale, m'avait-il dit. D'ailleurs liée à la vitalité sexuelle. L'écrivain est comme le prêtre. On ne peut pas devenir prêtre si on est castré. On m'a raconté qu'à Rome, il y avait une selle percée, où devaient s'asseoir les candidats, pour qu'on puisse juger de leurs pendentifs. William Blake a écrit que l'énergie, c'est la joie éternelle. Dans son livre, *Le mariage du ciel et de l'enfer*, il présente les enfers comme le siège de l'énergie. Et le ciel comme un endroit statique. Je comprends bien ce qu'il a voulu dire : l'énergie est préférable à la perfection. » Conversation continuée quelques mois plus tard au bar de l'hôtel Londres, à Venise, avec des cigares et une bouteille de porto. Je reprends le débat où nous l'avions laissé. Et si la question (Energie ou perfection ?) était mal posée ? Pourquoi pas : *et* perfection ?

Chemise sombre, col cassé, cravate claire, veste en tweed, très rapide dans ses propos, jonglant avec son érudition, inventif, et souriant de ses inventions, Anthony Burgess m'avait aussi parlé des endroits où il s'était installé pour travailler. « J'ai découvert que la vie sociale ne m'aidait pas. J'ai essayé New York. Pas écrit une ligne. Puis Dublin, trop d'alcool. On s'éveillait, on ouvrait ses volets et on disait : Voilà la pluie. On attendait l'ouverture des pubs et dans ces pubs, on racontait les livres qu'on n'allait pas écrire. C'est pour cela que Joyce a quitté Dublin. Yeats a pu travailler à Dublin parce qu'il ne buvait pas. Vous saviez que Yeats ne buvait pas ? » Je l'ignorais et surtout je ne savais pas que Burgess avait passé trois années à Malte, avant de tester Lugano et Monaco, dans sa quête flaubertienne d'une vie calme (et soumise à une fiscalité bienveillante), propice à l'écriture. L'écrivain était aussi un exilé fiscal.

Burgess avait passé trois ans à Malte, entre 1968 et 1970, dans une maison de Lija. La journaliste maltaise Marie Benoit m'a raconté qu'elle lui avait organisé une conférence, à La Valette – *L'obscénité et les arts* –, qui avait attiré la foule des grands jours. L'écrivain avait commencé par expliquer pourquoi il écrivait (« Pour élucider certains aspects de la vie, pour divertir mes lecteurs, et pour gagner de l'argent ») puis avait parcouru brillamment l'histoire de la littérature, de Shakespeare à Hubert Selby Jr en passant par Dante, sous l'angle de l'obscène. Il avait régalé l'assistance avec ses saillies, son érudition maniaque et ses évocations de la censure maltaise. Il n'y avait pas que *Playboy* qui restait interdit à la vente dans l'île encore aussi pudibonde qu'hypocrite, mais un certain nombre de bons livres, dont ceux de son ami Kingsley Amis ou encore *Last Exit to Brooklyn* (que j'ai publié plus tard avec Bayon sous la couverture bleue de Quai Voltaire).

Dans *Earthly Powers* (*Les Puissances des ténèbres*), Burgess évoque Malte, les censeurs de l'aéroport de Luqa (qui manient le ciseau pour éliminer toutes les photos de filles en bikini de la presse anglaise), « l'honnête tradition de pédérastie islamique » et les bars à garçons du Boyau (que les marins appelaient la rue étroite), la messe en maltais (qu'il détestait, ce que je peux comprendre ; comme tous les catholiques britanniques, et notamment Evelyn Waugh, il regrettait la messe en latin d'avant

Vatican II) et la sainte alliance des prêtres et des policiers. L'incipit de son roman (qui commence à Malte) avait suffi à assurer son succès sur l'île : « C'était l'après-midi de mon quatre-vingt-unième anniversaire, et j'étais au lit avec mon giton, lorsque Ali vint m'annoncer la visite de l'archevêque. »

★

Et Byron ? C'est en Méditerranée que Byron a construit sa destinée sur des routes « où il suivait les aventuriers normands et les chevaliers errants, en même temps qu'il précédait Garibaldi », dit Barrès. Le poète, admirateur de Napoléon, est passé par Malte bien avant d'aller à Venise, où il fumera son cigare en faisant la planche dans le Grand Canal, suivi par sa gondole. Il avait quitté Londres en juin 1809, laissant quelques dettes et sa collection de miniatures représentant les plus chers de ses camarades d'école. « *The world is all before me, and I leave England without regret, and without a wish to revisit anything it contains, except* yourself, *and your present residence* », écrit-il à sa mère quelques heures avant son départ. Il veut placer son visage dans une perspective, après le portrait de Nelson et celui de son grand-père, le capitaine John Byron, qui avait exploré les rivages de la Patagonie, et se dit prêt à se mettre au service des Autrichiens ou des Russes, et même, pourquoi pas, des Turcs. (Mais il mourra pourtant philhellène, épuisé d'alcool et d'opium, à Missolonghi en 1823, à trente-cinq ans, rallié aux Grecs combattant la domination ottomane. Partant pour Missolonghi, il avait écrit : « Je préfère aimer une cause qu'une femme. ») Après quelques étapes – Portugal, Gibraltar, Sardaigne –, il embarque de Sicile sur le *Townshend*, le 20 août 1809. Le *Townshend* longe le rivage d'Agrigente. Byron admire les temples posés sur les collines, il boit un excellent champagne avec les autres passagers, et après quelques jours de mer entre dans le port de La Valette, non sans une piquante déception. Il avait envoyé un message annonçant son arrivée au gouverneur britannique Alexander Ball, espérant une salve d'honneur tirée par les soldats de la garnison, mais la troupe est restée silencieuse. A Malte, il tombe dans les rets de la communauté britannique, dîners et commérages, se régale de cailles et d'étranges poissons qui vivent dans des coquillages, il prend des bains dans des citernes, achète une grammaire arabe pour un dollar, se met aussi à l'arménien (à Venise, il prendra des cours à San Lazzaro, le couvent des Arméniens) et feint de tomber amoureux d'une « absurde créature féminine », Constance Spencer Smith.

Fille du baron Herbert, ambassadeur d'Autriche auprès de la Sublime Porte, et femme du ministre britannique à Stuttgart, vingt-quatre ans, Constance a déjà gagné ses galons d'aventurière. Arrêtée par les autorités françaises de Venise, qui avaient ordonné son transfert à la prison de Valenciennes, elle avait été enlevée par l'un de ses admirateurs siciliens, le marquis de Salvo. La voici qui séjourne maintenant à Malte pour rejoindre son mari, en Angleterre. Byron la rencontre au théâtre Manoel. La créature est jolie, bien faite, suffisamment excentrique pour plaire à celui qui était parti en voyage avec l'idée d'écrire un traité intitulé *De la sodomie simplifiée et de la pédérastie d'après les auteurs anciens et quelques pratiques récentes*. Constance devient sa Calypso. Byron est « désespérément amoureux », mais aussi, sans doute, désespérément platonique. Il quitte Constance, et Malte, en embarquant sur le *Spider*, qui escorte un convoi marchand. D'Athènes il lui écrit un poème en forme d'adieu. *The spell is broke, the charm is flown.* Réponse de Constance : *I should feel happy to repeat to you how much I am sincerely yours.* Le malentendu continue. De retour à la fin du mois d'avril 1811, sur *L'Hydra*, un transport de troupes (avec des marbres antiques dans ses soutes), accompagné d'un garçon de quinze ans, Nicolo Giraud, il passe un mois à Malte, supportant mal la chaleur. L'île, battue par le sirocco, lui fait l'impression d'« un four infernal ». Une gonorrhée athénienne et la malaria contractée à Patras lui donnent des pics de fièvre « vésuvienne ». Il transpire tellement qu'il a besoin d'un domestique pour changer ses draps et son linge plusieurs fois par nuit. Ses bagages et ses effets personnels sont soumis aux fumigations d'usage. Constance et Byron se retrouvent pourtant au palais du Gouverneur pour « une explication diabolique », avant qu'il ne quitte Malte pour l'Angleterre sur un brick de guerre, la *Volage*, toujours affaibli par la fièvre, « sans espoir, et surtout sans désir », triste d'avoir laissé derrière lui son jeune *servitore* Nicolo Giraud.

Il m'avait été rapporté à plusieurs reprises que Lord Byron avait passé quelques jours au Lazaretto, à son retour de Grèce et qu'il avait laissé son nom gravé en souvenir sur un mur. Le Lazaretto, construit par Lascaris en 1643 sur l'île Manoel, a servi d'hôpital de quarantaine pendant plus de trois siècles. Les équipages et les passagers de tous les navires venus d'Orient étaient tenus à un rigoureux isolement dans les ports de Méditerranée occidentale pour éviter les ravages de la peste. Sur le quai se trouve l'ancien parloir. Je m'avance sous les voûtes désertées, je parcours des entrepôts, des tunnels, des enfilades de chambres, des galeries, j'escalade des volées de marches, un escalier à double révolution, je m'enfonce dans l'obscurité de gigantesques citernes. Tout est imposant et beau, plus abandonné que ruiné. J'appelle Jean-Michel Wilmotte (ce jour-là à Moscou) pour lui raconter cette splendeur et cet abandon. De l'autre côté de la crique, les murailles de La Valette. Dans l'un des angles des remparts, une ancienne chapelle. Un prêtre venait ici célébrer les saints mystères que les voyageurs en quarantaine suivaient de loin, sur le quai du Lazaretto. Le prêtre en charge de cette chapelle n'était pas choisi pour sa foi, mais pour sa voix. Il fallait un stentor pour proclamer la parole de Dieu par-dessus les eaux. Partout des graffitis sur les murs.

Spiridone. Abraham Duteil, 1761. Larchand, fille à madame Lasalle, 1753. Peri, 1686. Colin. Des dessins de bateaux. Quelques noms en caractères arabes. Encore des Français : Fayol. Giraud, François Nagle, 1816. Quelques Anglais : Edward. W. Hugues. A.S. Mills, 1850. Drake... Je trouve même une faucille et un marteau. Signature-manifeste d'un marin de 1919, agent du jeune Komintern ? Mais aucune trace de Byron. Quelqu'un a découpé la pierre qui portait son nom et l'a emportée.

*

Un curieux couple. C'est un dimanche, il est midi. Après avoir attendu la fin de la pluie dans la voiture, sur le parking de Ghajn Tuffieha, nous nageons sous le soleil revenu. Personne dans l'eau ni sur la plage. Novembre décourage les Maltais de nager dans une mer pourtant encore agréable. Du milieu de la crique, j'aperçois un couple qui descend les marches et s'installe sur la petite terrasse où nous avons laissé nos affaires. L'homme, la cinquantaine assez athlétique, se déplace avec vivacité bien qu'affligé d'une lourde boiterie. Une bande blanche entoure son genou gauche. Une jeune femme s'allonge sur une serviette à ses côtés. En sortant de l'eau, nous nous installons pour nous sécher, à une quinzaine de mètres du couple. L'homme, seulement vêtu d'un slip, continue de s'agiter, agile et vif, malgré son déhanchement. La fille, lunettes noires, jeune, dans les vingt ou vingt-cinq ans, de type asiatique, longs cheveux bruns et brillants, lui tourne le dos et regarde dans notre direction en souriant. Pendant que j'essaie d'imaginer qui sont ces gens, ce qu'ils font dans la vie et ce qui les attache l'un à l'autre – elle est plus jeune que lui, séduisante, lui presque brutal dans chacun de ses gestes, avec quelque chose d'intrigant. Et puis il y a cette jambe qui traîne. Tout à coup, il s'assied pour enlever son slip (un slip blanc, moulant, qui descend à mi-cuisses) et enfile un maillot de bain. La fille se déshabille mais garde ses sous-vêtements : soutien-gorge rose à balconnet et culotte en dentelle (désassortie). Il passe devant elle, l'air espiègle, et fait mine de lui pincer les seins. Ils s'approchent du rivage pour se baigner. Au lieu de descendre par la plage, ils s'assoient tous les deux sur les rochers. Elle plonge directement, de sa position assise. Après quelques brasses vigoureuses, elle se retourne, secoue la masse de ses cheveux mouillés et rit. Il défait la bande qui entourait son genou. Elle maintenait une prothèse en plastique (avec un dessin de chaussure-chaussette au niveau du pied) qu'il pose par terre, à côte de lui. Nous avons juste le temps d'apercevoir le moignon de son genou qu'il a déjà plongé. Nous les regardons en silence s'éloigner tous les deux vers le milieu de la crique. Ils nagent vite.

⋆

Sur la route qui quitte Birgu en trouant les remparts, un énorme panneau, *Gate of Provence*. Malte est restée pendant plusieurs siècles la plus éloignée des frontières françaises.

⋆

Une touriste française est morte ce matin dans son hôtel. Elle se nomme Gosset. J'appelle son mari, un vigneron d'Ay, laconique au téléphone : cinquante-quatre ans de vie commune disparue d'un coup, à Malte. Puis il ajoute : « Ça doit pas être facile de travailler ici, je veux dire pour un paysan comme moi. Pas de terre, j'ai vu leurs terrasses, ils pilent la roche. »

Feux d'artifice. Ces concasseurs de roche ont l'habitude de jeter vers le ciel des lampes éphémères. Mélancolie de ceux dont les yeux sont attachés à l'impassibilité de la pierre ou de la mer. Les feux d'artifice sont une passion maltaise, partagée avec les Siciliens. Pendant l'hiver, dans des ateliers clandestins ou dans de petites usines (il en existe deux à la sortie de Zebbug), des familles entières passent leurs soirées et leurs weekends à mélanger des poudres explosives et des pièces d'artifice. La saison commence tôt dans l'année. Les roulements incessants des détonations, dès les premières heures du matin, battent la diane sur les places des villes. Le retour des explosions annonce celui des oiseaux de feu. Chaque soir, arches, rosaces, girandoles, anges déchirés, bouquets, confettis et doigts de lumière, paraphent le ciel maltais. (Il faut contempler cet embrasement des remparts de Mdina ou par les hublots des avions qui arrivent de nuit.) Cette activité délirante ne va pas sans danger. Des artificiers improvisés meurent de plus en plus souvent en préparant leurs fusées dans leur cuisine ou dans des cabanes au fond de leur jardin. Certains incriminent la mauvaise qualité des poudres chinoises (moins chères que celles importées de Sicile ou de Naples). L'an passé, tous les hommes d'une famille, tous les pères et tous les fils, ont péri dans l'explosion de leur atelier clandestin, sans doute parce que l'un d'eux avait répondu à un appel sur son portable. L'île s'est habillée de noir pendant trois jours, et les nuits sont restées silencieuses. Après cette trêve, les canonnades ont repris. Des soleils d'argent, des liserons de feu, des coquelicots de lumière ont à nouveau tapissé le bleu profond du ciel comme si cette débauche de clarté et de bruit était nécessaire non seulement pour infirmer le deuil, mais pour manifester que l'excès est aussi l'un des signes de la vie.

Présence des géants. L'histoire de Malte avant l'écriture parle déjà de démesure. Ses premiers habitants ont érigé une trentaine de temples vers 3500 av. J.-C. Leurs formes massives (on les dirait bâties par des géants) forment l'un des plus étranges morceaux d'éloquence méditerranéenne, à un moment où le branle-bas de l'homme sur la terre semble à peine commencé. Leur histoire s'écrit avant les Pyramides, avant la Grèce. Conversation avec les dieux, démonstration d'une ambition, d'une technique, d'une esthétique. (Certains sites sont malheureusement recouverts d'une bâche-parapluie qui les étouffe plus qu'elle ne les protège.) Nous n'en connaissons pas grand-chose et les scientifiques les ont longtemps ignorés. Je pars des hauts de San Niklaw et me laisse descendre vers Hagar Qim et Mnajdra, entre des chèvres et des amandiers en fleurs. Les deux temples dressent face à la mer des remparts de calcaire coralliens. A l'intérieur : cours pavées, dalles horizontales, certaines formant de mystérieux passages, lucarnes pour les soleils des solstices et des équinoxes, pierres dressées, immenses, encastrées les unes dans les autres, portes pour l'oracle, niches, autels, jambes potelées des premières Vénus maltaises, pierre poinçonnée (comme de la cire d'abeille). Tout autour la mer calme, la lumière, et partout sur la roche des touffes rondes de fleurs jaunes qui donnent à l'air un goût de poivre.

J'y reviens un matin avec quelques hôtes de passage. Parmi eux, Michel Serres, très affûté, casquette rouge, pantalon crème et blouson zippé, et Yves Coppens, précis, très aimable, les paupières tombantes. Le ciel est clair, la mer blanche, les temples balayés par les vents.

Pour Yves Coppens, ces vestiges sont ceux d'une civilisation agricole, venue du Moyen-Orient, par bateau, avec leurs troupeaux. Ils ont occupé siècle après siècle tous les rivages et toutes les îles de Méditerranée, quelques millénaires avant Jésus-Christ.

La guide assomme ces savants de son laïus sans vouloir connaître leur qualité. Je l'interroge sur l'hypogée d'Hal Saflieni, une immense nécropole funéraire, la plus belle de toute la Méditerranée, qui descend dans les entrailles de la terre, sous les maisons de la petite ville de Paola. L'endroit a gardé son secret. Sanctuaire ? Temple de la mort ? ou de la fertilité ? Lieu d'holocauste ? Tombe collective en tout cas. Les archéologues en ont sorti les restes de sept mille corps, mais aussi la petite statue en terre cuite de la *Sleeping lady*, aux seins gonflés, une jupe festonnée serrée autour de la taille, devenue l'un des symboles de Malte. La guide raconte que, tous les deux ans, un groupe de femmes milliardaires privatise l'hypogée pour l'après-midi. Des Américaines, en majorité. Elles prennent possession des trois niveaux du sanctuaire et s'assoient en tailleur sur le sol, tandis qu'un homme à la voix puissante module une mélopée sans parole par le trou de l'oracle. Elles espèrent respirer un souffle proche de celui du premier *big bang,* régénérer leurs sens et voir leurs seins gonfler comme ceux de la *Dame endormie*.

« J'ai assisté à cette séance de méditation, continue la guide. Je me suis sentie envahie par une énergie nouvelle.

— Je ne suis pas sûr qu'*énergie* soit le mot qui convient », lui dit très doucement Michel Serres.

Je remonte avec lui le long chemin de pierres qui taille à travers la colline. « Nous assistons à une métamorphose en profondeur, dit-il. Quand j'étais enfant, l'Europe était en grande partie agricole, et une vie d'homme durait moins de quarante ans. Aujourd'hui ces deux paramètres fondamentaux ont changé radicalement. Nous vivons non pas un changement d'époque mais un changement d'ère. »

Quelques semaines plus tard, à Ggantija (Gozo). Dans la lumière tellement légère de ce premier jour de mai, posés en haut d'une colline fécondée par des sources abondantes, deux temples en forme de trèfle. Une succession de cercles concentriques scandent le paysage aux environs des pierres colossales, grises et dorées. Palmes et murets, au plus près des enceintes du sanctuaire. En contrebas, une ligne épaisse de cactées ceinture les maigres cultures, céréales déjà coupées, pommes de terre, choux, que font rougir des coquelicots. Plus haut la vague circulaire des oliviers. Tout autour un moutonnement de collines, certaines portant sur leur dos des villes et des églises, d'autres seulement des cultures en terrasses ou un maquis court, et enfin, plus loin, la mer. Je marche seul dans le premier temple. Traces spiralées sur des pierres (signes de fertilité dans tout l'orient méditerranéen), vestiges d'une coupole (Malte est l'île des coupoles). Une plaque indique que ces temples, les premiers de la préhistoire maltaise, ont été mis au jour par le commandant des troupes britanniques, qui fut aussi administrateur de l'île, John Otto Bayer, en 1830. Ce Bayer aurait fait travailler les détenus de la prison de Gozo et financé les travaux de sa poche. Les temples, recouverts au moins partiellement de terre et de divers débris, étaient connus de la population locale qui nommait cet endroit : *le lieu des géants*. Les premiers touristes commencent à arriver. Je m'incruste discrètement dans un groupe (petites Japonaises aux ongles bleus, vieux Anglais en Stetson safari, Français en T-shirt défraîchi). La guide, une

Maltaise d'un certain âge et d'un embonpoint imposant, parle en anglais puis en français. Elle explique que ces temples servaient à des sacrifices d'animaux enfermés dans des cages en pierre, encore visibles. « Le sang recueilli était mélangé à la terre-mère. L'on pensait alors que cette décoction augmentait la virilité des hommes. » J'imagine la privatisation de Ggantija par un groupe d'Américains mâles (ou de Chinois ; ce sont eux les milliardaires maintenant), venus réanimer la vigueur de leur pénis dans la vieille enceinte sacrée. La guide fait une moue silencieuse, puis reprend : « Ok ? »

★

Le palazzo Mangion, à Mdina. Un parallélépipède de pierres, presque sans fenêtre. Hauts murs lisses, lumineux, sévères, irradiants, seulement ouverts sur les patios intérieurs. Toujours ce côté Piero Della Francesca. Les palais-maisons fortes du XVIe, posés les uns à côté des autres, occupent chacun l'espace d'un quartier du bourg. Les Galea-Testaferrata, après la mort de leurs parents, ont décidé de vendre les meubles aux enchères, dans leur jus. Après plus d'une semaine d'exposition, la vente peut enfin commencer. James Galea-Testaferrata accueille acheteurs potentiels et simples curieux comme s'il les recevait pour le thé. Pendant plusieurs jours, le palais dégorge. Les coups du marteau du commissaire-priseur donnent le tempo de cette symphonie aux adieux. La maison se vide, tout s'en va. Lions de jardin, boulets du Grand Siège, tapis chinois, afghans, persans, une incroyable table du XIXe, avec en marqueterie tous les portraits des grands maîtres, commodes maltaises en bois d'olivier, coffres du XVIe, fauteuils Louis XV, statues polychromes du XVIIIe, plats peints hispano-mauresques, bénitiers et pots de pharmacie en majolique de Caltagirone, boîtes en ivoire, en écaille de tortue, argenterie anglaise, française, autrichienne, perse, poteries romaines, horloges maltaises, masques en pierre médiévaux, miroirs et lustres vénitiens, écritoires marquetées, tables de jeux en bois de rose, céramiques siciliennes, vases de Chine, un bureau Biedermeier à cylindre, etc. Et des cartes anciennes, des gravures, des dessins, des gouaches, des peintures, hollandaises, italiennes, françaises. Je relève quelques noms dans le catalogue de la vente : Amadeo comte Preziosi, Mattia Pretti. Favray est présent, aussi, bien sûr (un dessin à la craie :

Turc en costume oriental, et le *Portrait d'un aristocrate maltais*).

Né en 1706 dans un village proche de Saint-Denis, Antoine Favray avait suivi à Rome le peintre des *Fêtes galantes*, Jean-François de Troy. Quelques chevaliers le persuadent d'aller chercher fortune à Malte où il s'installe en 1744. Très vite, beaucoup de portraits : jeunes femmes, la dame en bleu, grands maîtres (Pinto le libertin, saisi par la mort en pleine action à quatre-vingt-dix ans), chevaliers (Chambray), grands ancêtres (Villiers de l'Isle-Adam, La Valette), scènes de visite ou de souper, la cathédrale Saint-Jean, la Sacrée Infirmerie, joie de vivre, débauche, servitude, rassemblements d'esclaves, religion, tableaux d'histoire. Favray aurait été prié de quitter Malte (pour Istanbul) parce qu'il couchait avec la maîtresse de Pinto.

A Istanbul, il prend ses quartiers dans le palais de France de Vergennes. (Un endroit agréable, sur une colline de Péra, en plein cœur de la ville. J'y ai été autrefois l'hôte d'un amateur de caviar et de femmes.) Il peint Vergennes en sultan, des marchands de Smyrne, des femmes grecques au Bazar, des Levantines à la gorge pâle, avec des coiffures de ville ou d'intérieur, les Européens en voyage, Saint-Priest (successeur de Vergennes, membre de l'Ordre, qui fait venir des pierres de Malte pour le jardin du Palais à Istanbul). Neuf années passent. Il revient à Malte le 29 septembre 1771, âgé de soixante-cinq ans, se lie avec Suffren, devient l'ami et le portraitiste d'Emmanuel de Rohan. En Europe, la France reprend son souffle après la Terreur, les vieux trônes chancellent. Le peintre, « malgré la faiblesse de la vue, la pesanteur de la main, et l'épuisement de l'imagination », continue de peindre dans une atmosphère devenue crépusculaire. « Je passe toujours mon temps à faire quelques bagatelles... Cette diable de muse de la Peinture me tient enchaîné près d'elle. » Un jour de février 1798 pourtant, la cloche de la Sacrée Infirmerie sonne l'entrée en agonie d'un chevalier. C'est Favray qui s'en va, il a quatre-vingt-douze ans. Sa dernière élégance est de mourir avant le monde qu'il a peint. Cette cloche annonce aussi le départ prochain de l'Ordre. Favray est enterré à Saint-Jean, sous une dalle anonyme. Personne n'a jamais su dire où il reposait (à chacun sa fosse commune), mais à Malte sa peinture demeure. Je le suis à la trace, pas seulement au National Museum (la première salle lui est dédiée), mais dans des chapelles écartées, dans les maisons de Mdina ou de Palma, les palais de La Valette. Le peintre a passé une quarantaine d'années à Malte. L'île était son atelier, elle est son musée.

★

A Londres, dans une salle des ventes de New Bond Street, ont été vendus les carnets de voyage du comte Amadeo Preziosi, *Souvenir de mon dernier voyage*. Preziosi avait quitté Malte parce que son père s'opposait à son ambition artistique. Parlant l'italien, le français, le grec, l'anglais et le turc, il fait les Beaux-Arts à Paris, voyage en Italie avant de s'installer à Constantinople où il épouse une Grecque qui lui donne quatre enfants. Tué par son propre fusil dans un accident de chasse, il est enterré dans le cimetière catholique de Yesilköy.

★

Retour à Saint-Jean. Gabriel de Broglie lit sur le marbre des tombes comme dans un livre. A peine entré, il reconnaît de loin les armes d'un

Grimaldi. « Les Grimaldi et les Broglio, nous étions de la même ville piémontaise (Chieri), dit-il. Nous sommes venus en France à la suite de Mazarin au XVIIe. » (J'ai pensé à Mazarin hier soir en apercevant à la télévision le visage de Moubarak sur son lit de justice au Caire. Emacié, peau cartonnée et jaune, rides profondes, yeux noirs.)

La chapelle de France est dominée par le tombeau romantique du comte de Beaujolais (mort en 1808). Le comte de Beaujolais était l'un des fils de Philippe d'Orléans (Philippe Egalité) et l'un des frères du roi Louis-Philippe. Philippe d'Orléans s'était lié avec Brûlart de Genlis et plus encore avec sa femme, madame de Genlis qu'il avait fait pensionner comme préceptrice de ses enfants. Madame de Genlis modernise le miroir des Princes et prépare le jeune Louis-Philippe à sa future charge. « C'était une intrigante et une manipulatrice, poursuit Broglie, mais elle a fait de son élève un prince d'exception, en lui faisant lire Fénelon, Rousseau et les Encyclopédistes. »

Le jeune comte de Beaujolais est l'un de ces enfants sacrifiés aux Gorgones de la Révolution. Après avoir vu passer sous les fenêtres du Palais-Royal la tête de la princesse de Lamballe sur une pique, il est arrêté en même temps que tous les Bourbons, incarcéré au fort Saint-Jean à Marseille, où il devient tuberculeux. Libéré par le Directoire, il mène une vie désunie aux Etats-Unis, puis en Angleterre. Détruit, porté sur la boisson, il s'engage en 1804 dans la *Navy*. Il débarque à La Valette le 15 mai 1808. Quinze jours plus tard, le 30 mai, Beaujolais décède dans l'ancien palais de Suffren (l'actuel National Museum). Son corps, inhumé provisoirement à Notre-Dame-de-Liesse, est transféré à Saint-Jean, dans la chapelle de France, en 1843. Clin d'œil de l'histoire : son tombeau domine la tombe d'un Balduin Brûlart de Genlis (mort en 1699).

Les deux Caravage. Combien d'heures passées dans l'oratoire de Saint-John, entre les deux tableaux du Caravage, *Saint Jérôme* et la *Décollation de saint Jean* ? Ce soir, concert de musique baroque (très bon orgue du XVIe) à l'oratoire et conférence sur Le Caravage par un professeur anglais, John Gash, un homme assez débraillé, les pans de sa chemise sortent de son pantalon, on voit son ventre blanc qui déborde, mais il se montre érudit et drôle.

Quelques semaines plus tard, vers dix heures du soir, j'appelle le sacristain (au nom prédestiné : Mr. Godwin) afin qu'il nous ouvre les portes de la cocathédrale pour l'enregistrement (le premier) des orgues de Saint-Jean par deux organistes, un Français, titulaire de Reims, Pierre Méa et un Maltais, John Aquilina. Le grand bateau de pierre, arrimé en pleine ville, est étrangement vide. Rien ne bouge entre le jaillissement des piliers et les masses immobiles des statues (grands maîtres et esclaves enchaînés). L'obscurité éteint l'or des fresques, le plafond-ciel de Mattia Pretti demeure invisible, les morts prennent toute leur place. J'ai une furieuse envie de m'allonger de tout mon long sur les tombes, la face contre le marbre.

Jean-Yves (un ancien musicien du groupe Utopia, l'un des héros de Woodstock, *my partner in crime*, comme il dit, depuis Sarajevo jusqu'à Gaza-Jérusalem) a déjà installé sa table de console sur deux tombes, entre le *Saint*

Jérôme et la *Décollation* du Caravage. Pierre et John, perchés dans les hauteurs de l'orgue, commencent à jouer. Le sacristain, en pull jacquard, assis sur un banc latéral, écoute silencieusement. J'emmène N. s'asseoir au milieu de la nef vide et sombre, nous restons longtemps sans parler, puis nous retournons dans l'oratoire, près des Caravage.

Sous l'auréole du sacré, Michelangelo Merisi, dit Le Caravage, a bouleversé la peinture. En étudiant les tableaux des autres, il s'est inventé une liberté. Franchise, lumière, audace. Il lui avait fallu copier ses maîtres, leur arracher des aveux, explorer les secrets de leur langage, pour devenir lui-même. Né à Milan dans les années 1570 – sa famille venait du village de Caravaggio, en Lombardie –, il bénéficie de quelques protections bienvenues – la marquise Costanza Sforza Colonna, sa marraine, le cardinal Del Monte. Ce génie allait en avoir besoin, avec la vie violente et décousue qui serait la sienne.

Le meurtre d'un Romain l'oblige à gagner Naples. Ippolito Malaspina, un vétéran du Grand Siège, capitaine d'une des galères de l'Ordre engagée dans la bataille de Lépante, « une légende vivante » ayant l'oreille du grand maître Wignacourt, aurait alors facilité son exfiltration vers Malte. Le fugitif arrive à La Valette le 12 juillet 1607. Son art devient son passeport et sa rédemption. En novembre, il réussit un portrait de Wignacourt en armure (aujourd'hui au Louvre), avec l'un de ses pages (et sans la grosse verrue qu'il avait sur la joue gauche, près du nez). Eblouissante peinture qui sort un homme de l'enfouissement du temps. Le grand maître, décidé à attacher Le Caravage au rocher maltais, a l'idée d'en faire un chevalier d'Obédience magistrale. Il en avertit le pape, sans entrer dans les détails. Deux conditions à cette entrée dans l'Ordre. Une année pleine de résidence sur l'île et l'acquittement du *passagio*, une sorte de ticket d'entrée, à payer cash. Wignacourt, pour l'en exonérer, imagine de lui passer commande d'un tableau, destiné à l'oratoire de la cocathédrale, dont il fixe le thème : la décollation de saint Jean. Le Caravage est censé avoir fini son travail fin juillet, pour que le tableau puisse être dévoilé pour la fête de la Décollation, le 29 août. Caravaggio (qui en même temps a peint cinq autres tableaux) livre son chef-d'œuvre dans les délais impartis. Il a logé sa signature (incomplète) dans le sang du Baptiste : *f. Michel An....* « *F* » comme *fra* (frère), une façon de proclamer qu'il est entré dans la *Vita nuova*. Wignacourt lui offre aussitôt une précieuse chaîne en or et deux esclaves. Mais son tempérament de *bad boy* pasolinien pousse le peintre dans une querelle. Il a trop vite sorti sa dague. Le Caravage est jeté dans un cachot de Sant'Angelo le jour de la Saint-Jean. Au début du mois d'octobre, il s'évade et gagne la Sicile. Le 1er décembre 1608, il est chassé de l'Ordre « comme l'un de ses membres corrompus et malades ». La cérémonie (*privatio habitus*) le prive symboliquement de son habit, en son absence mais devant son chef-d'œuvre, au son de la cloche, dans l'Oratoire. Le fugitif, toujours créatif et amoureux des périls, est signalé à Caltagirone, Syracuse, Messine, Palerme. Il laisse quelques peintures et son nom sur des procès verbaux de basse police. Derniers jours d'un homme qui trace son sillon en même temps que sa fin. En septembre 1609, il gagne Naples et meurt en juillet 1610, au nord de Rome. N. m'apprend que ses restes ont été retrouvés dans la fosse commune de Porte Ercole.

Querelle de Malte. Vers vingt-trois heures, un quartier-maître et un sous-maître français quittent le *Vodka Bar*, où ils se trouvaient en compagnie d'autres marins, pour se rendre dans un autre club, quand ils sont interpellés par un groupe d'inconnus. Le ton monte. Des lames sortent. Des coups sont échangés. Ils retournent sur leur bateau en perdant du sang, et sont examinés par l'infirmier du bord. La police, alertée par les services de sécurité à l'entrée du port, arrive vers 23 h 45. Les deux hommes ont été transportés au Mater Dei Hospital. Nombreux points de suture au torse et au visage. Pas de dépôt de plainte.

Un tableau de Goya. Après la messe du dimanche, à Zebbug, il arrive que les haut-parleurs d'une chapelle latérale diffusent une musique disco. Un nain, à l'âge indéterminé, entre quarante et cinquante ans, le crâne rasé, rose et plissé, se met aussitôt à danser sur lui-même. Contrairement aux enfants de chœur, avec qui il a l'habitude de servir la messe, le nain a gardé son surplis de cérémonie et il fait tourner son aube et sa chasuble par-dessus ses vêtements. Etrange derviche, en blanc et noir, au centre d'un cercle d'une vingtaine d'enfants, de la même taille que lui, ou plus petits. Tous frappent dans leurs mains, ils rient, crient, encouragent leur toupie humaine. Le nain rit aussi, et tourne de plus en plus vite, les bras écartés. Le lendemain, je l'aperçois, en jeans et en T-shirt, à la terrasse d'un café de la place, engagé dans une conversation sérieuse, comme s'il était une grande personne.

Un remords nommé Dolomieu. C'est l'homme pressé de l'Ordre. Caravane à seize ans, trop de bonheur dans un duel, pardonné. Esprit encyclopédique, il sait tout, l'histoire antique, les volcans, les roches et les plantes. Chevalier agnostique, il crée à Malte un jardin botanique. Membre de l'Académie des sciences, il voyage en Sicile, dans les îles Lipari, les îles Ponces, dort à même le sol, boit l'eau des sources. Ses voyages enrichissent ses collections. Rencontre Goethe, à Rome. Rentre en France en 1791. Membre du club des Feuillants, ennemi de la violence. Ami de La Rochefoucauld (assassiné sous ses yeux). Il baptise de son patronyme une pierre calcaire (dolomies) qui elle-même donne son nom au massif des Dolomites. Rencontre décisive à l'Institut avec Bonaparte qu'il accueille à Malte et suit en Egypte. Arrêté en Sicile, emprisonné vingt et un mois dans un cachot sans lumière. Sa libération est inscrite dans le traité de paix imposé par Bonaparte au roi des Deux-Siciles. Meurt après une dernière traversée des Alpes, sur le pas de la cinquantaine.

La rose des vents maltais : la tramontane (vient de Sicile, par-delà l'Etna et le mont Soro), le grigale (vient de Grèce), le vant (ou levanti), le xlokk (ou sirroco, il apporte chaleur et humidité), le nofs in nahr (ou mezzogiorno), le libeccio (vient de Libye), le punent (ponent), le majjistral (ou mistral, vent dominant).

La fête, la mer, la nuit : ce sont les vrais plaisirs de Malte. Rites lents, lumières, guirlandes, bannières, pavoisement des terrasses et des mâts, constructions des infrastructures pyrotechniques, premières processions, un peu désordonnées, fanfares hagardes marchant dans les rues des villes, même les plus éloignées, jour et nuit. Travail de possession. La population sort ses prophètes sur la place. Les statues d'Ezéchiel, de Jérémie, de Daniel sont les témoins d'un prologue qui dure plusieurs jours. Les églises, grandes ouvertes et illuminées, sont traversées par une humanité en T-shirt et en tongs. Un homme assis à l'entrée de la nef distribue des châles aux nombreuses femmes aux épaules trop offertes. La foule, grave et animée, respire l'odeur du sacré avant de retourner à ses jeux nocturnes. Les soirs de feux d'artifice sont ceux d'une apothéose. Repu d'une liesse qui ne finit pas, je retrouve N. sur la terrasse de la maison Manduca. Palmes ensommeillées, orangers immobiles, bougainvillées éteints : le jardin se tait. N. s'approche de mon cœur sur ses talons blancs. Le lendemain, nous partons de Birzebbuga encore pavoisée pour la fête de San Petru (sa statue avait été promenée en mer quelques jours auparavant), pour Filfla, l'île aux requins. Le patron de la barque se nomme Antoine. Les grues et tankers de Free Port n'ont pas déshabillé la baie de son charme. Nous suivons la côte, entrons dans des grottes bleues, puis gagnons Filfla, ou ce qu'il en reste : deux îlots, Filfeta et Filfla. La mer est transparente, à peine ridée par les courants d'air, faiblement agitée par une houle très lente. Nous nageons entre dorades, rougets et rascasses de roche. David m'a dit qu'en plongeant, il avait vu des mérous et des langoustes. Le soleil tombe quand nous regagnons la côte. Des passages de thons frisent l'eau en surface. Une ombre à aileron frôle le bateau. Thon ou requin ? Antoine penche pour un requin. Barbecue de thon sur la barque dans une échancrure de la falaise. Antoine installe son lamparo. Je surveille l'arrivée des calamars. Un nuage de poissons, le fretin du pêcheur, tourbillonne dans le halo de la lampe. Puis il est temps de rentrer. Sous un ciel étoilé, la mer et la nuit mêlent leurs grands fonds. Au port de Birzebbuga, des familles entières ripaillent sur de grands rochers plats en contrebas de la route. Ils ont apporté leurs chaises, leurs tables, de la bière et des provisions. Des enfants et des vieilles femmes dorment à côté d'eux, allongés sur des couvertures.

Des esclaves en sous-sol

Les sous-sols de la maison Manduca sont creusés dans la roche. Ils abritent la chaudière du chauffage central, servent de cave et de remise. Plusieurs couloirs communiquent avec des pièces plus vastes ou des départs de souterrain qui rejoignent d'autres caves, parfois immenses, comme celles des maisons situées sur la place de l'église, et notamment celles des bandas de Zebbug, transformées en halls d'exposition pour les sanctuaires chaque année renouvelés du Vendredi Saint, qui avaient abrité des centaines d'habitants pendant les raids de la Luftwaffe. Les Maltais ont toujours aimé les caves, les cryptes, les grottes. Chaque palais, le plus simple ou le plus orgueilleux, chaque maison, possède son double underground. L'histoire de Malte se lit aussi dans ses caves.

Dans le sous-sol de la Casa Lanfreducci, à La Valette, des restes humains ont été retrouvés en 2008. On l'apprend seulement maintenant, en janvier 2011. Le *Times of Malta* a publié la photographie de fémurs et d'un crâne déposés en vrac dans un carton avachi de *pasticerria*. Ces ossements seraient ceux de chevaliers tués pendant le Grand Siège de 1565. Ils reposaient sous la Casa Lanfreducci, connue autrefois sous le nom de Casa Cassar, et qui avait longtemps abrité une échoppe de barbier et un restaurant. Ce sous-sol communique en fait avec la crypte du premier bâtiment (adjacent) construit à La Valette après le Grand Siège, l'église Notre-Dame-des-Victoires. Une plaque en marbre derrière un confessionnal masquait l'entrée du passage menant à une salle pleine de déchets divers dont des restes humains, certains rassemblés dans un sarcophage. Cette découverte a été faite pendant les travaux d'aménagement du quartier. Le sous-sol de la Casa Lanfreducci doit servir de loges au futur opéra construit par Renzo Piano. Le gouvernement et l'ordre de Malte se disputent à propos de ces os abandonnés dans un carton et d'un problème de pierres déplacées sans autorisation.

Pas d'ossements dans la cave Manduca, seulement le cadavre momifié d'un chat, mais une découverte quand même. L'entrée héberge deux pièces avec des voûtes en ogive, reliées par une sorte de couloir. Je n'ai jamais prêté attention à cette configuration un peu particulière jusqu'au jour où quelqu'un m'a expliqué que les esclaves de la maison, sans doute au nombre de deux ou trois, vivaient dans ces pièces faiblement éclairés par un soupirail. Un banc et une table en pierre dans la première « pièce », un puits et un foyer dans le couloir, leur permettaient d'y préparer et prendre leur repas. La « pièce » du fond servait de « chambre ». Les esclaves travaillaient dans la maison et le jardin pendant le jour et étaient enfermés dans la cave tous les soirs.

La maison Manduca n'était pas une exception. Un ami français de Birkirkara me fait passer une photocopie de l'acte de propriété de sa maison, qui appartenait à une famille maltaise éteinte aujourd'hui (La Barbiera). En 1771, le notaire signale la vente d'un esclave de la maison (Sherman son of Mehmet of Cremeja) pour 300 scudis.

Un historien britannique, Godfrey Wettinger, a écrit l'histoire des esclaves à Malte. L'histoire commence tôt et s'arrête avec Bonaparte. Esclaves blancs (souvent châtrés) ou noirs au temps de l'occupation musulmane. Esclaves arabes ou encore noirs (Ethiopiens) plus tard. Dans les testaments maltais du XVe et du XVIe siècle, les esclaves sont répertoriés dans les biens à transmettre ou comme cadeaux de mariage. Les archives de Mdina (fin du XVe, début du XVIe) signalent de fréquentes ventes aux enchères d'esclaves. Beaucoup d'Ethiopiens, comme Catherina ou Ursula. Des femmes noires, Filippa. Un Maure âgé de douze ans, Gimiha. Une femme blanche arabe, baptisée, Juliana. Esclaves parfois traités comme des domestiques ordinaires, et parfois libérés. La plupart sont des Africains subsahariens, mis en esclavage par les Arabes d'Afrique du Nord (et pendant un temps d'Espagne) et trafiqués sur tous les rivages de la Méditerranée. Les prises du *corso maltese* alimentent le reste du marché.

L'arrivée de l'Ordre (1530) modifie les besoins. « En ce milieu de siècle, les plus hardis corsaires » de la Méditerranée occidentale sont les chevaliers de Malte. Les rames des galères ont besoin de bras. Les esclaves sont entre mille et trois mille jusqu'à l'arrivée de Bonaparte. Certains disent qu'ils étaient dix mille sous le grand maître Perellos en 1710. Principalement arabes, turcs et juifs (parfois chrétiens aussi ; des prisonniers pris sur des bateaux ottomans ou barbaresques qui n'arrivent pas à prouver leur baptême). Certains seront échangés contre d'autres prisonniers, ou contre une rançon. Les autres sont mis sur les bancs des rameurs. En Turquie, à la même époque, les Ottomans et les juifs ont des esclaves chrétiens, dont des femmes, « ne faisant aucune difficulté pour se mêler avec elles ». Les chevaliers de l'Ordre faits prisonniers deviennent esclaves de rançons, et peuvent être mis à la rame. Pendant le Grand Siège, La Valette possède cinq cent trente esclaves. La plupart rament sur ses deux galères. La Valette lui-même avait été esclave des Barbaresques, pendant presque un an, après avoir perdu le *Saint Jean*, qu'il commandait.

Spécialisation. Les chrétiens sont vendus à Istanbul, Alger, Tétouan, Salé, Tunis, Tripoli,

Le Caire, Alexandrie, Smyrne. Les musulmans à Venise, Naples, Gênes, Messine, Livourne et Malte.

Les esclaves sont enchaînés sur les bancs des galères ou employés dans le palais du grand maître (aux écuries, à l'armurerie, à la forge, à la boulangerie), dans les chantiers navals, les fours à chaux, ou travaillent à la construction des fortifications. Les hiérarques et les auberges de l'Ordre, certains chevaliers et des familles maltaises les utilisent comme domestiques. On les reconnaît dans les rues de La Valette à leur coiffure et à leurs chaussures. Ils sont obligés d'avoir le crâne rasé et de porter une natte (ou une touffe). Leurs chaussures sont estampillées d'un motif à carreaux noir et blanc. Les hommes employés comme domestiques portent des livrées, et les femmes des robes. L'habit ne fait pas la liberté, mais il lui ressemble.

Venise va chercher des rameurs volontaires jusqu'en Bohême. En Turquie, en Egypte, d'énormes razzias d'hommes. Les Tatars de

Crimée rabattent jusqu'à Constantinople des milliers d'esclaves russes ou polonais pour les galères ottomanes. A Tripoli arrive un flux constant d'esclaves noirs, drainés par la traite saharienne. Aujourd'hui, entre un million et deux millions d'Africains sub-sahariens vivent et travaillent en Libye, souvent dans des conditions effrayantes (beaucoup ont fui pendant la guerre contre Kadhafi).

A Malte, la chiourme est composée d'esclaves, mais aussi d'hommes libres et volontaires, payés pour ramer, les *buonavaglie*, et de criminels condamnés à la rame. Deux cent quatre-vingts galériens par galère. A l'époque de Lépante, six cents galères naviguent en Méditerranée.

Les esclaves de terre jouissent du privilège (que n'ont pas les esclaves de rame) de pouvoir exercer des petits métiers. Cette tolérance se précise au milieu du XVIIe. Petits métiers d'esclaves : coiffeur, barbier, pêcheur, tailleur, porteur d'eau, etc. Certains, marabouts ou jeteurs de sort, vendent des philtres d'amour ou de mort, des formules magiques, des décoctions de foie de poulet et de bave de crapaud, des mouches aphrodisiaques. Tous les vieux remèdes de la pharmacopée africaine, pour l'âme et pour le corps, sont disponibles sur les quais. Les Maltaises (et sans doute quelques chevaliers) assurent un fonds de clientèle aux sorciers, malgré les menaces de l'Inquisiteur. La présence des esclaves (africains, barbaresques, turcs, persans, indiens, polonais, grecs, hongrois, serbes, bosniaques) plus le *riff-raff* du port : une autre forme du cosmopolitisme maltais.

Certains esclaves vont et viennent librement. Eux aussi s'enivrent dans les tavernes de La Valette, dont l'accès leur est théoriquement interdit. (Wettinger assure que le vin était leur principal soutien.) Il existe des boutiques et des tavernes à l'intérieur des bagnes. La vie continue, comédies, drames et violences. Femmes cachées dans les placards par des esclaves, homosexualité, prostitution, jeux, backgammon, opium, overdoses. Le grand maître en 1698 est obligé d'interdire aux chevaliers de garder à leur service des femmes, chrétiennes ou non, de moins de quinze ans.

Au retour de ses courses, le capitaine Alonso de Guillén Contreras, aventurier espagnol et chevalier de Malte (fin du XVIe), dépense son or avec les *quiracas*, les fillettes de plaisir.

Les esclaves sont comptés tous les soirs, avant d'être enfermés. Et la crique des galères, au Borgu, est fermée par une chaîne. Si le nombre n'y est pas, des coups de canon annoncent à la ville le nombre des manquants, présumés en fuite. Il existe de nombreuses prisons-dortoirs : les caves-cathédrales de Saint-Angelo, les *bagnos* de La Valette, de Borgu et de Sanglea. Le mot *bagno* (bagne) vient de Constantinople. Il fait référence aux bains publics qui ont été utilisés pour enfermer les esclaves sous les Byzantins.

Bains : les esclaves se lavent et nagent dans la mer, à La Valette, du côté de Marsamxett, jusqu'à un changement de législation, en 1673, qui leur interdit de s'approcher des côtes. J'observe parfois les touristes et des Maltais se baigner le long de ces quais, face à Manoel

Island. Je me demande ce qu'ils savent d'autrefois et quelles sont leurs chaînes.

Tous les esclaves ne sont pas des espions, mais tout esclave peut cacher un espion, susceptible de souiller les puits, d'empoisonner l'eau des citernes ou le dîner de son maître, de transmettre des informations sur l'état des fortifications, les passages secrets qui percent les remparts, les entrées des ports, la position des canons, le nombre d'hommes en armes et de galères, et même les plans des palais du prince.

Un généreuse part de pain, et un bol de *minestra*, sorte de gruau de légume : le menu du *bagno*. Les malades ont droit à du pain blanc, à un *minestra* amélioré de pâtes vermicelles, un morceau de viande ou des œufs et à un verre de vin non coupé. Ceux qui sont hospitalisés à la Sacrée Infirmerie ont droit au même traitement que les chevaliers malades.

Paradoxe : rarement musulmans et juifs auront été aussi nombreux à Malte. Les musulmans suivent la prière dans les mosquées de leurs prisons (Sanglea, Birgu) ou dans des pièces spécialement aménagées (La Valette). Au XVIIIe, la mosquée des Turcs est construite dans les faubourgs de Floriana, près d'un chemin descendant vers le port. A Birgu, la prison dite des Juifs abrite une synagogue et une boulangerie kasher.

Certains esclaves se mutilent pour éviter le service de la rame rouge. D'autres cherchent à s'enfuir. Il arrive, mais c'est rare, qu'une poignée d'entre eux volent une barque de pêche et réussissent à gagner la haute mer. En 1673, une centaine d'esclaves s'emparent d'une polacre, quittent le port, sous les yeux du grand maître qui profitait de la brise dans son jardin dominant la rade, avant d'être rattrapés en mer. Chaque fugitif eut le nez et les oreilles coupés.

Le 7 juin 1749, deux esclaves, l'un maure, l'autre persan, arrêtés après avoir tenté de séduire l'un des gardes du palais, un certain Jacques Cassar dit l'Arménien, révèlent sous la torture l'existence d'un complot visant à prendre le contrôle de La Valette et de l'île tout entière. La majorité des esclaves de l'île, mis à part quelques ivrognes levantins ou barbaresques, étaient impliqués dans la conspiration ourdie par l'ancien gouverneur de Rhodes, Mustafa Pacha, prisonnier d'honneur de l'Ordre placé sous la protection du roi de France. Le soulèvement était prévu pour le 29 juin, jour de la fête de Saint-Pierre-Saint-Paul, *Immarja* en maltais. La population de l'île avait en effet l'habitude de se rassembler loin de La Valette, à Mdina et dans les environs, pour rendre grâce à Dieu et festoyer. Le valet du grand maître, un esclave, devait couper la tête de Pinto dans son sommeil, à l'heure de la sieste. Imseleti, c'était son nom, avait ensuite pour mission d'agiter la tête ensanglantée du grand maître Pinto au balcon du palais pour donner le signal d'une tuerie générale des chrétiens de la ville et semer la panique. Trente-quatre conjurés furent exécutés. Certains attachés à des bateaux et écartelés. D'autres lentement torturés au fer rouge sur des chars à banc tirés par des mulets avant d'être décapités ou étranglés. (Les supplices étaient les mêmes à Alger ou Tripoli.) Le chef des conjurés fut gracié à la demande de

Louis XV, et renvoyé à Rhodes, puis étranglé sur ordre du Sultan, qui ne lui pardonnait pas d'avoir échoué. Le tenancier de taverne qui avait révélé le complot, Joseph Cohen, reçut une pension annuelle transmissible à ses descendants. Au début du XIXe, un consul de France à Malte, Miége, témoigna que ses ayants droit jouissaient toujours de la pension qui avait été assignée à leur aïeul.

Pendant sa semaine maltaise, Bonaparte abolit l'esclavage, affranchit les *buonavaglie* de leurs contrats « déshonorants pour l'espèce humaine » et libère les prisonniers condamnés, pour la plupart siciliens (décret du 16 juin 1798). Les anciens esclaves sont traités comme prisonniers de guerre et leur échange contre des esclaves français ou maltais aussitôt négocié avec la Porte et ses beys de Tunis ou d'Alger. Le temps de l'esclavage n'est pas fini pour autant quand l'île passe sous la domination anglaise. Certains esclaves libérés restent au service de leurs anciens maîtres. Pour eux, rien n'a changé. Plusieurs témoignages (1812) signalent encore la présence de *negros, negrettos and negrettas*, continuant d'arriver à Malte sur des bateaux d'Alexandrie, de Tripoli, de Djerba ou de Tunis. Des Africains, adultes et enfants, vendus à des Maltais et à des sujets britanniques. Le *bagno* avait disparu, mais quelques chaînes tenaient encore.

La petite sœur

Gozo, accessible par ferry en une trentaine de minutes, est la *sister island* et le potager de Malte. Les Maltais ont l'habitude d'y passer le weekend ou les mois de forte chaleur, bien qu'ils ne laissent jamais de fustiger les travers qu'ils prêtent aux Gozitains (« Les Gozitains ne respectent pas les lois maltaises, ils s'arrangent toujours pour ne pas payer d'impôts, leur cadastre est indéchiffrable sauf par eux-mêmes, les Gozitains n'ont confiance en personne et surtout pas dans les Maltais, la preuve en est qu'ils se marient entre eux, etc. »). Un petit hydravion, qui décolle de Grand Harbour, fait aussi la navette en été. Passer d'une île à l'autre reste un voyage.

Des routes minuscules traversent la campagne, dans la partie ouest de l'île, son ancien *désert*. Etroits rubans de goudron, posés sur les bosses de l'île, entre des murets de pierre et des roches à vif, terres où poussent l'herbe et la vigne, des terrasses plus ou moins abandonnées, des plantations de cactées. Une ancienne ferme avec sa palmeraie, dense et sombre, dessine une grotte d'ombre au creux d'un vallon. Grand enchevêtrement de pierres, de végétation folle et de palmes sèches. Puis très vite, l'arrivée sur Marsalform. Un port minuscule, une eau transparente, une jetée ronde, une digue noire, dix barques, une entrée étroite, des filets qui sèchent, rose et bleu, une ambiance populaire. Quatre jeunes étrangères embarquent avec un pêcheur. Je leur demande où elles vont : « A Comino ! » La barque s'éloigne, leurs rires ricochent sur l'eau plate.

Le marin historien britannique Ernle Bradford évoque les anciens bateaux à voile de Gozo comme l'un des souvenirs de l'occupation arabe. Leur gréement rappelait celui des *dhows*, ces embarcations qui naviguaient le long des côtes du Maghreb, mais aussi en mer Rouge. J'en ai vu aussi beaucoup à Zanzibar, il y a vingt ans, utilisés pour la pêche et le commerce avec l'Afrique de l'Est. Leurs coques en bois brut, recouvertes d'un coup de badigeon, étaient ornées de fresques mêlant palmes et personnages stylisés, qui paraissaient sortis des cartons d'Henri Michaux. Plus de voile pour les pêcheurs de Gozo, mais toujours cet œil peint sur la proue, comme sur cette barque qui rentre, menée par deux marins aux cheveux ras. Ils sortent leur pêche (des dorades) des bas-flancs et remplissent cinq cagettes en plastique. Nous déjeunons chez Pierre, au bout de la jetée. Pierre en fait s'appelle Paul. T-shirt et pantalon noir, une boucle d'oreille, sec, un faux air espagnol. « La prochaine fois, vous m'appelez avant de venir, je vous préparerai une langouste. »

Sortie de Marsalform par la route du bord de mer, qui conduit très vite aux salines. Imposant paysage sculpté par le temps, le vent et le travail des hommes. D'un côté : des falaises de sable dur, érodées à leur base, évasées dans leur sommet, et creusées d'habitations troglodytes. De l'autre côté, entre la route et la mer, le damier irrégulier des salines, cercles, rectangles, parallélépipèdes, rigoles. Reflets du sel. Trainées de mica. Brillances irisées. Plus loin, une lande, des fleurs de toutes les couleurs, le parme des plantes grasses, les rouges des giroflées, les blancs et les jaunes des marguerites, le violet ou l'orange de géraniums aussi grands que de petits arbres, des plantes coralliennes. Quelques étages de roches plates annoncent le début de la falaise, avant l'à-pic sur la mer, rayée par les traces d'anciennes canalisations. Une langue de mer s'enfonce dans la roche. Les eaux sont tellement pures que l'on peut distinguer à plusieurs mètres de profondeur toutes les nuances de roches blanches et grises, rejointes sous l'eau par les rayons du soleil.

Nul ne sait si Gozo est vraiment l'île décrite par Homère, l'île aux cèdres et aux thuyas où Calypso aurait retenu Ulysse pendant dix ans avant qu'il ne soit retrouvé par Hermès, « promenant son regard sur la mer inféconde et répandant des larmes ». Ce qui est certain, en revanche, c'est que Gozo fut pendant quelque temps le port d'attache de la *Calypso*, rendue célèbre par le commandant Cousteau. Ce matin, le *Times* lui consacre une pleine page : *Calypso: revival of a legend.* Mouilleur de mines construit en 1942 par l'armée américaine pour la *Royal Navy*, intégrée dans une flottille de mouilleurs de mines de la *Mediterranean Fleet* basée à Malte, démilitarisée en 1946, la *Calypso* est vendue à un homme d'affaires maltais, Joseph Gasan qui la transforme en ferry et l'affecte aux rotations entre Malte et Gozo (elle peut alors transporter 11 voitures et 400 passagers). Le commandant Cousteau trouve que la *Calypso* a toutes les qualités pour devenir le bateau dont il a besoin pour ses recherches océanographiques. Construite en bois, pour ne pas attirer les mines. Robuste avec sa double coque, facile à manœuvrer et sans grand tirant d'eau, elle est capable de naviguer sur des fonds de coraux. En juillet 1950, convoyée à Antibes, elle est aménagée en laboratoire flottant. En 1996, après plusieurs décennies de loyaux services, elle finit par sombrer par cinq mètres de fond dans le port de Singapour. Ramenée en France, elle rouille dans un bassin de La Rochelle en attendant d'être restaurée. Le *Times* publie une photo récente de la *Calypso* : un fantôme de bateau dans un bassin de radoub.

Dirty weekend à Gozo ? L'île présumée de Calypso abritait les amours clandestines des chevaliers. Dans les années 70, son isolement, sa beauté sauvage, le charme d'un hôtel situé en bordure d'une lande marine favorisaient des rencontres discrètes, loin des paparazzis. Un ancien président français avait l'habitude d'y retrouver sa maîtresse italienne. On dit aussi que les parrains siciliens de la Mafia venaient s'y détendre.

Les deux théâtres de Victoria, qui se font face de part et d'autre de la rue principale, se livrent une concurrence féroce. Chacun programme un opéra tous les ans. Des dizaines de bénévoles travaillent pendant des mois pour construire les décors, fabriquer les costumes, se transformer en choristes. Pour une représentation unique. Seuls les musiciens et les chanteurs sont des professionnels. L'énergie et le temps jetés dans cette rivalité délirante témoignent à la fois de la passion maltaise pour la musique et du rôle social des paroisses et des bandas qui leur sont liées. Ce soir, au théâtre Aurora, Tea Demurishvili chante *Carmen*.

Nous quittons l'hôtel Ta' Cenc dans un taxi collectif et arrivons à 19 h 15. La salle est déjà presque pleine. Mille huit cents tickets d'entrée ont été vendus. Nous sommes assis au premier rang, séparés de la fosse de l'orchestre par un léger rideau de voile rouge. Seules dépassent les têtes des musiciens. Un violoncelliste s'éponge le visage avec un gant de toilette. Il fait déjà très chaud. Avant la représentation, tout le monde se lève pour l'hymne maltais. Puis le rideau s'ouvre. Décors et costumes magnifiques. Presque une centaine de figurants sur scène. Trois entractes bienvenues, car la chaleur se fait lourde. Les spectateurs qui, à chaque fois, se sont précipités au foyer-bar, se font de plus en plus bruyants en reprenant leur place. Un ami me présente à l'un de ses vieux cousins, qui fut un très bon chanteur lui-même et maître de chant. Il a découvert et formé Joseph Calleja, *The Maltese tenor,* qui triomphe aujourd'hui au Met et à Covent Garden.

A l'ouest de l'île, partant de San Lawrence, après avoir traversé la ville de Gharb, petite cité de l'extrême, bâtie pour les maîtresses des chevaliers. Des façades palatines, des balconnets en pierre, des escaliers à vis, et même, à l'extérieur du village, un sanctuaire marial, le Lourdes gozitain. Route sinueuse, de plus en plus étroite (à peine le passage pour la voiture) qui monte et qui descend entre les champs, les friches, les murs de pierre. Des oiseaux chantent dans le ciel, des lézards courent devant la voiture, la paysage s'ouvre par surprise sur la gelée immobile de la mer. Malte devait ressembler à ce paysage marin, autrefois, avant l'invasion du béton. Tout à coup, une pancarte : *Danger Farrugia Fireworks Factory*, à l'entrée d'un chemin poussiéreux. Puis au sommet d'un tertre, sous l'ombre lointaine d'un phare, une chapelle dédiée à saint Dimitri. Simplicité du XVe siècle. Une croix, une cloche, quatre murs blancs. Dominant l'autel, un saint Dimitri à cheval. Tout autour l'horizon à 360 degrés. Des collines, des terrasses, des clochers, des villages, une rangée de mégalithes, des champs. Partout des fleurs, des taches et des stries de couleur, du rouge, du mauve, du jaune, du vert tendre. Nous marchons de la chapelle vers la mer, croisons deux paysans en jeep qui apportent une citerne d'eau à un troupeau de vaches (nos premières et dernières vaches maltaises).

Sur la terre des falaises, à quelques mètres de l'à-pic, des champs de folle avoine où poussent des coquelicots.

Une journée à Ta' Cenc. Le matin, l'eau, tellement limpide, encore fraîche entre les murs d'ombre des falaises, étanche les soifs du corps. L'esprit se resserre, l'infini liquide nous rattache à celui du temps. Midi sur la terrasse, vue sur la mer et Malte. Embrasement du monde. Des flots de lumière déferlent d'une source éblouissante sur le miroir des eaux. Nous sommes seuls, et seuls avec ce flamboiement où tout disparaît, même l'horizon. Le soir, assis sur une pierre, au milieu de la lande, nous assistons à la chute du jour. Sa douceur subite, qui scelle les bouches et les cœurs, laisse peu de place à l'espérance. Mais voici la nuit qui se hâte. Son lustre nous enveloppe, il nous apaise. Les astres délient l'étreinte du crépuscule, les guirlandes des lampes dans les arbres et les feux sur les falaises rendent l'homme à la liberté et à l'amour. Dîner sous le caroubier. Pasta et vin rouge de Sicile. Retour autour de minuit.

Malta Hanina

Embarcadère presque désert. Venues à pied, quelques Gozitaines, des Carmen de seize ans, étoiles d'encre dans la peau et jupes extra-courtes, attendent le ferry pour aller se jeter dans les bacchanales de Paceville.

Petit essai de géographie spirituelle : l'apôtre, le rabbin et le dominicain ottoman

Célébration de *Pass over* au Hilton, à Portomaso. Dîner de quarante personnes, réunies par Shelley Tayar, la doyenne de la communauté juive de Malte, dans la grande salle ouverte sur la marina, sous une rivière de néons. Shelley m'a posé d'office une kippa sur la tête et mène le dîner avec entrain. Pendant plus de deux heures, elle nous fait lire en anglais à tour de rôle (« *Your turn now !* ») un passage de l'Ancien Testament qui raconte la sortie d'Egypte. « Ce jour-là sera pour vous un mémorial. Vous en ferez pour le Seigneur une fête de pèlerinage. C'est une loi perpétuelle. D'âge en âge vous la fêterez » (*Livre de l'Exode*). Le mémorial est un signe donné par Dieu, et le gage de notre salut. (Ce mémorial de la Pâque juive est au cœur de la messe catholique.)

Shelley nous invite à partager les herbes amères, le pain sans levain, à lever notre verre de vin rouge sans le boire, à le lever encore puis à le vider. Un peu avant onze heures, elle éclate de rire et s'exclame : « *You can eat now !* Vous devez commencer à avoir faim… » Une heure plus tard, infatigable, elle lance, toujours dans le même éclat de rire : « *And now prayer after dinner !* »

Les Juifs sont arrivés à Malte sur les bateaux phéniciens. Les inventeurs de Carthage avaient emporté un peu du vieil Orient. Un sarcophage en céramique, découvert dans une tombe de Rabat, conçu pour une momie, rapproche les catacombes de Malte des pyramides égyptiennes et des éperviers d'Horus. Et à Gozo, deux lignes en phénicien, sur une pierre gravée, rendent grâce « à notre père Jahwé ». Présence attestée et gravée une fois encore dans les mêmes catacombes (chandeliers sculptés à sept branches) pendant l'occupation grecque et romaine. L'incendie du Temple de Jérusalem, l'un des plus beaux édifices méditerranéens, par Titus, fils de l'empereur Vespasien, qui prit Jérusalem pendant l'été 70 ap. J.-C., et la destruction sauvage de la ville, comme Scipion l'avait fait à Carthage auparavant, avaient entraîné un nouvel exode. « On avait peine à croire qu'elle eût été habitée », écrit l'historien Flavius Josèphe.

Pendant l'occupation arabe de Malte (870-1090), les juifs participent à l'administration de l'archipel. Un juif est même élevé au rang de vizir. Sous les Normands, la population reste mêlée. Musulmans (majoritaires), chrétiens et juifs. Au XVe siècle, les juifs, souvent prospères, représentent un tiers de la population maltaise. Le décret d'expulsion des juifs d'Espagne, signé par Isabelle la Catholique le 31 mars 1492, affecte avec quelques années de retard la Sicile et Malte, qui relèvent de la Couronne espagnole. En Sicile, quarante mille juifs sont expulsés, pour la plupart de modestes artisans. A Malte, il semble qu'une majorité soit devenue des *conversos,* continuant parfois de pratiquer secrètement leur religion. Les autres ont rejoint des communautés de juifs siciliens émigrés au Levant. Beaucoup de Maltais d'aujourd'hui, catholiques pratiquants, portent des noms d'origine juive. Abela, Ellul, Azzopardi (avec ses variantes de Safaradi ou Sefardi), Cremona, Mamo, etc. Et à Gozo, de nombreux lieux-dits parlent des juifs. *Wied il Lhudi*, la vallée du juif ; *Ghajn Lhudi*, la cave du juif ; etc. La marque hébraïque est le fantasme de ce peuple catholique. « Nous sommes tous juifs ! » s'écrie un jour un armateur que je comparais à un Phénicien.

A l'étage le plus modeste des villages de Champagne, dans les années 50, l'on parlait peu, et jamais des fils d'Israël. Je ne me souviens pas avoir entendu ni mes parents ni mes grands-parents parler des juifs. Les juifs n'existaient pas, l'antisémitisme non plus. Personne, à part Paul Claudel, encore hors de ma portée, ne pensait à interpréter la part sémitique de notre histoire. Pourtant, comme tous les miens et depuis longtemps, je respirais des mots tombés du ciel et qui me parlaient d'une autre géographie. Cana, Tibériade, Bethléem, Sidon, Damas, Galilée, Golgotha, Jérusalem. La synagogue n'avait jamais été loin de la cathédrale et les lampes des synagogues avaient toujours brillé d'un éclat particulier entre les pans du *blanc manteau d'églises* dont ne s'était jamais défait la vieille Europe.

A la constellation des synagogues s'était superposé un réseau commercial. La ville de Troyes en avait été l'une des capitales. Assidus aux foires des comtes de Champagne, qui s'illustrent dans les croisades et prennent leur part à la création des royaumes francs de Méditerranée, des commerçants juifs avaient acheté des maisons et des vignes. Salomon Ben Isaac Rashi (mort en 1105), docteur de la loi juive, était l'un de ces vignerons.

Je découvre l'existence du peuple juif un samedi après-midi, dans un appartement en rez-de-chaussée loué par le Cercle laïque de Châlons-sur-Marne et ouvert aux élèves du Grand Lycée chaque weekend. Bien qu'encore collégien, minime coiffé en brosse et portant lunettes, j'avais poussé une première fois la porte du Cercle et assisté sans l'avoir prémédité à ma première surprise-party, tapi dans un angle d'ombre entre la lumière tamisée de deux abat-jour. Paul Anka chantait *Diana*. Des couples dansaient en s'embrassant. J'avais hâte de vieillir. Revenu trois semaines plus tard, même endroit, même heure, j'étais décidé à brûler les étapes d'un apprentissage amoureux jusqu'alors réduit à de rêveuses suppositions, mais l'appartement avait été transformé en salle de cinéma. Résigné et soulagé, j'avais assisté à la projection d'un film dont je ne savais rien : *Nuit et Brouillard* d'Alain Resnais. Ce soir-là, j'étais rentré chez moi plein d'effroi. C'était donc aussi cela être un homme ? Etre victime ou bourreau ? Ou celui qui regardait ailleurs ? L'indifférence des autres, ceux qui avaient laissé faire, tout cela me semblait incompréhensible. Une longue conversation avec mon père ne m'avait pas purgé de cet abîme. Bien plus tard, je lirai Steiner. « Celui qui frappe un juif frappe l'humanité tout entière », puis Lustiger, qui lui répondait : « Non, frapper un juif, c'est frapper Dieu lui-même. Dans les fours crématoires, c'est Dieu, l'insupportable absolu que des Européens paganisés ont voulu brûler. »

*

Je suis passé prendre la clef du cimetière juif de Marsa chez Shelley, trop fatiguée pour sortir de chez elle. Shelley est née à Jérusalem quand cette terre se nommait encore la Palestine. Sa famille, chassée d'Espagne en 1492, avait fini par revenir s'installer dans le pays d'où elle était partie. Shelley m'a expliqué une nouvelle fois qu'il y avait trois cimetières juifs à Malte. Le plus ancien à Kalkara, contigu à l'église Saint-Joseph, concédé en 1784 par le grand maître Emmanuel de Rohan. Dans ce cimetière, seulement huit tombes, et quelques noms presque effacés : Abeassis, Fano, Sarfati, Hannah de Silva. Le deuxième, le plus important, est à Braxia, près de la porte des Bombes de Floriana. J'y retrouve les mêmes noms qu'à Alexandrie ou Istanbul. Abeassis, Benhamu, Coen, Nahum, Nataf, Lumbroso, Mamo, etc. Le troisième est à Marsa, en face du terrain de golf, près du cimetière ottoman.

Chaque année, le matin du 11 novembre, je visite les cimetières de Malte pour fleurir les tombes françaises, accompagné par une poignée de résidents français et quelques courageux de l'ambassade. Le dernier poilu est mort l'an passé. Un jour proche, ces vies fauchées seront oubliées. Plus personne ne pensera à eux. La plupart des Français enterrés à Malte sont des soldats blessés dans les Dardanelles pendant l'expédition imaginée par Churchill, premier Lord de l'Amirauté, pour ouvrir les Détroits et contraindre la Turquie à la paix. Mon grand-père Georges Collin, manouvrier champenois, avait été de ce voyage, avec son régiment de cuirassiers, allant à pied jusqu'à Odessa. Des cartes postales des Balkans, de Turquie et de Crimée, envoyées à une jeune fille de quatorze ans, ma grand-mère, donnent quelques indications sur son odyssée. Rentré chez lui en 1919, il n'a plus quitté ni son jardin ni sa vigne, sauf pour l'exode de 1940 et une brève prison en 1944. Les blessés des Dardanelles avaient été envoyés à Malte qui faisait office d'hôpital pour toute la Méditerranée. Encore un héritage de l'Ordre. C'est sur ce rocher qu'ils reposent, au milieu des eaux. Le cimetière ottoman, en face du golf, forme une petite enclave stambouliote close d'un haut mur et surmontée d'un croissant de pierre, escorté par quelques minarets. Il a été créé en 1874 à la demande de l'empereur sultan Abdelaziz Khan pour commémorer les martyrs ottomans du Grand Siège. Peu de tombes, des musulmans seulement, dont quelques Français, des tirailleurs algériens, tous morts le 22 septembre 1939, « à la mer ».

Quand Shelley m'a donné l'adresse du troisième cimetière juif (en face du golf de Marsa), j'ai compris qu'il était contigu au cimetière musulman et que je ne l'avais jamais remarqué. Une grille verte, une lourde chaîne, un cadenas. Une petite maison, un bric à brac de caisses et de pots vides. Sentiment d'abandon. Une allée centrale. A droite, une soixantaine de tombes sous l'ombre d'eucalyptus et de vieux pins. Un mur récent sépare les juifs des musulmans. Les noms sur les tombes, couvertes d'aiguilles de pin séchées, parlent d'une histoire méditerranéenne (Recanati, né à Salonique ; ou Ohayon, des juifs marocains, très religieux, venus du Maroc à Malte dans les années 30, fabricants et vendeurs de valises), mais nous ramènent aussi à notre histoire européenne : Perez Paul, né à Lodz, Opoczynski Sabine, née à Vienne en Autriche. De l'autre côté de l'allée centrale, des tombes plus récentes, près d'un petit carré de semis de fleurs, dont celles de la famille Eder, qui possédait une usine de chapeaux confisquée par les nazis et obligés de quitter l'Autriche avec des passeports allemands marqués à chaque page d'énormes J et portant cette mention : *Non valide pour le retour*. Avant de partir, comme me l'a demandé Shelley, je dépose sur la tombe de son mari, George Tayar (1918-1994), un paquet de *Marlborough* qu'elle m'avait donné pour lui, avec cette étiquette comme en portent maintenant tous les étuis à cigarettes : *Danger. Fumer nuit gravement à la santé.*

*

La chaleur est déjà lourde quand je contourne le palais du Grand Maître pour me rendre à l'église grecque catholique, où m'attend le père Mifsud, évêque archimandrite, petit homme aux yeux bleus, cheveux et barbe blanche. Le père Mifsud s'exprime dans un français très doux. « Je suis né à La Valette, dans une famille de fonctionnaires et de magistrats. Mon père, catholique latin, nous emmenait parfois dans cette église. En grandissant j'ai lu des romanciers russes et des textes de spiritualité orthodoxe. Au Royaume-Uni, j'ai été en relation avec une communauté d'Ukrainiens, puis je me suis rapproché de l'Eglise melkite, notamment à Nazareth, où j'ai vécu quelques années. Ensuite au Vatican, j'ai travaillé à la congrégation pour les Eglises orientales. »

Chaque mot est prononcé avec une componction qui dissimule une grande réserve d'érudition. Nous parlons longtemps, assis au fond de l'église. « L'Eglise grecque est présente depuis longtemps à Malte, dit le père. Malte a été l'une des terres occidentales de l'Orient byzantin. Les Byzantins avaient succédé aux Romains en 535. Au milieu du VIIIe siècle, la Sicile et Malte étaient rattachées au patriarcat de Constantinople. Toutes les églises ont disparu. La langue maltaise a conservé quelques souvenirs de cette époque. Vous vous êtes déjà demandé ce que signifie le nom de *Ghar Lapsi*, cet endroit un peu retiré où vous aimez nager ? *Ghar* en maltais signifie la grotte, la caverne ; et *lapsi* est une abréviation de *Analapsi*, l'Ascension. Il existait alors une grotte monastique, où les moines vivaient en petites communautés ou en ermites. Et sans doute des chapelles rupestres, comme en Sicile ou dans les Pouilles. L'influence de Byzance n'a pas eu le brillant de Palerme où Roger, le roi normand, qui fut aussi roi de Malte, puis son petit-fils, après deux siècles de présence arabe, ont fait venir des artisans de Constantinople pour enrichir les fresques de leurs églises et de leur palais, au XIIe siècle. »

Les bruits de la rue entrent par la porte ouverte et se mêlent à notre conversation. Coups de marteau d'un artisan, conversation forte et colorée des femmes (l'on pourrait croire à une dispute, non, ce n'est qu'un échange de politesses et de banalités), éclats des cuivres de la fanfare de la garde qui répète quelques classiques pour une prochaine prise d'armes dont Maltais et touristes sont friands. Le père continue de dérouler le fil d'une histoire ancienne. « Quand les chevaliers sont arrivés à Malte avec quelques centaines de Rhodiens, – la porte des Grecs à Mdina rappelle cette entrée des Grecs dans la vieille cité maltaise –, l'Ordre leur a attribué trois petites églises à Vittoriosa, puis après la création de La Valette, ils ont demandé un terrain au grand maître pour construire l'église Saint-Nicolas, près de la Sacrée Infirmerie. Les chevaliers avaient dans leur trésor deux icônes, très précieuses. L'une représentait Notre-Dame de Damas (recouverte d'un manteau d'argent, elle date du XIe siècle) et l'autre Notre-Dame de Miséricorde,

Eleïmonitria (XIIIe). Elles appartenaient en fait à une famille grecque dévouée à l'Ordre. Un médecin, Jean Calamia, chef d'une famille rhodienne, a réclamé ses deux icônes. Une commission créée par l'Ordre a reconnu ses droits à condition qu'il construise une église pour ses deux icônes, ce qu'il a fait, vers 1578. L'église a été détruite pendant la Deuxième Guerre par des bombes allemandes, puis reconstruite au même endroit. Quand on a retrouvé la Vierge de l'Eleïmonitria dans les décombres de l'église, son visage était intact. »

Je fais le tour de l'église avec le père avant de le quitter. Il me montre des tapis brodés, une *Mise au tombeau*, venue de Constantinople, portée en procession chaque Vendredi Saint dans les ruelles de La Valette, des icônes du XVIe, œuvres de peintres crétois qui pérégrinaient de ville en ville, et d'île en île, les *madonieni*, et adaptaient leur art aux exigences et aux modes des lieux où ils étaient appelés. Une heure de conversation, dans la relative fraîcheur de l'église, assis sur un banc de bois, m'a fait voyager de Damas à Constantinople, de Rhodes à Malte, traverser les Pouilles et la Sicile. Je prends congé et retrouve l'éblouissante lumière de l'été et des rues de pierre de la vieille cité. Puissante narcose du zénith. Palais silencieux, volets fermés, drapeaux affaissés sur leurs mâts. Des touristes hébétés cherchent l'ombre.

*

10 février 2008. La Valette. Rues droites, claires, pleines de soleil hivernal et de silence, toujours donnant sur la mer. Façades pavoisées de tapis et de linges. Calme du matin, encore. La foule commence à peine à se diriger vers l'église de saint Paul naufragé. Peu d'étrangers. Les Maltais fêtent entre eux ce jour où le mauvais temps a jeté Paul de Tarse sur le rivage de Malte. L'hiver maltais est clément, mais la crainte des tempêtes, toujours possibles en cette saison, éloigne les paquebots-usines de leurs lieux d'escales estivales. Il arrive pourtant que le port accueille l'un de ces monstres dérouté par une tempête. Le *Times* a publié récemment les témoignages d'un couple de passagers australiens embarqués pour une croisière d'hiver sur le *Brilliance of the sea.* Leur navire approchait d'Alexandrie quand il a été assailli par un ouragan et des vagues de trente pieds. Ils ont vu leur cabine mise sens dessus dessous par le roulis, le piano et l'énorme arbre de Noël traverser de part en part le salon puis s'écraser de l'autre côté de la piste de danse, pendant que leur bateau disparaissait sous des masses d'eau monstrueuses. « Nous avons pu comprendre, confessent les deux Australiens, ce qu'avaient éprouvé les passagers du *Titanic*. »

Paul, né en Cilicie (le pays de mon ami l'écrivain turc Yachar Kemal) est arrivé à Malte avec une tempête au début de l'hiver 60. C'était un juif rigoriste, converti après que le Christ ressuscité lui fut apparu sur le chemin de Damas. Le grec était sa langue maternelle (il lit la *Bible* dans la traduction alexandrine des Septante), mais aussi l'araméen et l'hébreu. Parti d'Antioche, il avait fondé une communauté chrétienne et voyagé en Méditerranée, dans *l'océan de l'empire romain* à un moment où les dieux anciens (et les nouveaux aussi : ces dieux du vieil Orient reliftés à Rome) commençaient à montrer une certaine lassitude.

C'est un révolutionnaire, dans sa façon de placer l'amour au-dessus de tout, et un *ambassadeur* du Christ, comme il se définit lui-même. Arrêté à Jérusalem pour avoir introduit un païen dans le parvis du Temple, il est incarcéré deux ans à Césarée et traduit devant le roi Hérode-Agrippa II (et devant sa sœur, réputée incestueuse, Bérénice, qui plus tard suivra Titus à Rome ; Racine en fera l'une de ses héroïnes). Citoyen romain (« *Romanus civis sum !* »), il refuse de comparaître devant le Sanhédrin et en appelle à Rome où il est envoyé pour être jugé.

Les *Actes des Apôtres* racontent un voyage méditerranéen dans l'Antiquité. Le prisonnier part de Césarée, en octobre, après le jeûne du Kippour, période peu propice à la navigation à l'estime et sans instrument. Pendant l'Antiquité, la mer est dite *fermée* avec l'arrivée du mauvais temps. *Mare claustrum*. Tous les gros bateaux, désarmés, restent dans leurs ponts d'hivernage ou dans des bassins de radoub. Seuls continuent à naviguer ceux qui y sont obligés, commerçants attachés à leurs espérances financières ou fonctionnaires tenus à des obligations régaliennes, mais les courtiers refusent d'assurer les cargaisons. (La mer *s'ouvre* à nouveau en février ou en mars). Son bateau longe la côte asiate, aborde à Sidon, suit la côte chypriote. En Lycie, Asie mineure, le prisonnier est transféré sur un navire venant d'Alexandrie,

« cargo mixte » transportant des voyageurs et du fret, se dirigeant vers l'Italie.

Le mauvais temps perturbe le voyage. Une tempête finit par échouer le navire, qui se brise sur une langue de terre proche d'une île identifiée par la tradition comme étant Malte. (Cette tradition, régulièrement contestée depuis le XVIIIe, paraît pourtant fiable à de nombreux historiens.) Les *Actes des Apôtres* (XXVIII, 1-10) font un récit détaillé du naufrage et des évènements qui suivirent. « Après nous être sauvés, nous reconnûmes que cette île s'appelait Malte. Les barbares nous témoignèrent une bienveillance peu commune. Ils nous recueillirent tous auprès d'un grand feu parce qu'il pleuvait et qu'il faisait grand froid. »

Ramassant des broussailles pour alimenter le feu, Paul est mordu par une vipère, mais le prisonnier ne ressent aucun mal. Les habitants stupéfaits le conduisent chez Publius, un Romain hellénisé, le premier personnage de l'île. Paul impose les mains au père de Publius, frappé par la dysenterie, et le guérit. Publius accueille Paul et ses compagnons pour trois jours dans sa villa. « Là-dessus vinrent d'autres malades de l'île et ils furent guéris. »

Paul passe trois mois à Malte, « l'île du salut » dont il avait eu la vision pendant le naufrage. C'est une île où l'olivier, la vigne et le blé sont cultivés entre d'épaisses griffes de roche, un pays familier aux gouverneurs de Sicile qui aimaient y faire escale, renommé pour ses étoffes, sa vaisselle en argent, ses objets précieux. Les voyageurs ont fait à ses habitants, une population sémitique, cosmopolite, romanisée mais parlant grec, une solide réputation de savoir-vivre. Un temple dédié à Astarté-Junon dominait alors le port de Marsa.

En février, c'est le départ. Paul s'en va pour Rome. « Nous embarquâmes sur un navire d'Alexandrie, qui avait hiverné dans l'île, et qui portait pour enseigne les Dioscures », ces fils de Zeus, enfantés par Léda, « pour le salut des hommes de la terre et pour celui des vaisseaux rapides ». Le bateau rejoint Pouzzoles, via Syracuse et le détroit de Messine. Pouzzoles, située au nord de Naples, est une ville animée. Les activités du port mêlent les peuples – Phéniciens, Juifs, Égyptiens –, les métiers du commerce et de la mer, et les plèbes levantines et méditerranéennes. Paul et ses compagnons sont débarqués à Pouzzoles et continuent le voyage à pied. Ils arrivent à Rome par la via

Appia, à la fin de l'hiver. Paul aura la tête tranchée sur la route qui menait à Ostie. Aucun texte ne précise les conditions ni les raisons de son exécution.

A la grotte dite de saint Paul à Rabat. Un escalier intérieur, sous l'église Saint-Publius, en plein centre-ville, conduit à une chapelle souterraine, bâtie par Alof de Wignacourt. Sur les murs, quelques couleurs passées : ce qu'il reste d'une fresque du XVIIe. A droite de la chapelle, la grotte. Je pousse la grille, qui n'est pas fermée. Cette caverne, profonde et entourée de catacombes, semble être l'antichambre d'un univers souterrain plus vaste encore. Saint Paul a-t-il dormi ici ? Est-ce l'histoire ou la légende qui conduit Maltais et pèlerins à s'agenouiller dans cette obscurité, entre ces roches humides ? Pendu au plafond, un bateau ostensoir, éclairé par la flamme d'une bougie, le bateau du naufrage.

Le 10 février, à La Valette, l'heure n'est plus aux questions. La fête commence à l'église Saint-Paul-Naufragé, au milieu de la matinée.

Nef pleine, toute tendue de damas rouge, pas une place pour s'asseoir. Dans les travées latérales, dans les encorbellements des chapelles, partout des grappes humaines. L'autel est paré. Toutes les pièces du trésor de l'église sont de sortie. L'argenterie étincèle entre deux longues bannières, accrochées aux premiers piliers du chœur. Chandeliers, statues, plats ciselés, ciboires, candélabres géants qui touchent presque le dais pendu sous la coupole. Au fond de l'église, sur le balcon de l'orgue, un orchestre et un chœur. Tambours, trompettes, orgue, polyphonie d'hommes. La lumière du matin entre par les portes grandes ouvertes sur la rue. Défilé des prêtres en soutane jaune et bonnet carré noir, emmenés par deux archevêques en mitre, Mgr Cremona et l'archevêque de Gozo, suivis par un homme en surplis rouge, avec un col en dentelle blanche, portant une perruque de longs cheveux gris, et tenant dans ses bras une masse en argent, terminée par une statue du saint, entourée de quatre scènes illustrant sa vie. Aux premiers rangs, les membres du gouvernement et les chefs de l'opposition, au coude à coude, et les représentants des confréries. L'archevêque de Gozo monte en chaire et parle en maltais pendant presque une heure. Il fait gronder sa voix, la freine, la module, il chante plus qu'il ne parle. S'il tasse son imposante carcasse, c'est pour mieux la grandir, la dépliant soudainement, les bras jetés vers l'assistance, avant de la faire pivoter, dans un sens, dans l'autre, pour appuyer ses intonations, jusqu'à son dernier mot. L'assemblée acclame l'athlète de la parole pendant que monte de la rue la rumeur d'une foule. Tous ceux qui n'ont pas trouvé de place à l'intérieur de l'église participent de loin, mêlant bavardages et prières, et la fumée de leurs cigarettes. Final de musique italienne, composée par les frères Nanni. Les derniers applaudissements durent longtemps.

Après l'office, un verre est offert dans la maison paroissiale, de l'autre côté de la rue. Soleil sur la terrasse et vue sur le port. Pénombre à l'intérieur. Vin rouge et *prosecco*. Canapés de mousse de thon, cannoli débordant de crème pâtissière, *makrout* fourrés aux dattes. Ambiance sicilienne. Guido de Marco raconte qu'il n'a jamais manqué cette fête, quelles que soient les circonstances. Et quand Dom Mintoff avait supprimé ce *public day*, il écrivait chaque 10 février un mot d'excuse pour dispenser son fils Mario d'aller à l'école. Tonio Borg parle de ces trois générations de musiciens italiens (les Nanni) qui se sont succédé dans cette église et à qui l'on doit ce son italien, très Verdi. Bourdonnement continu des conversations. Puis c'est l'heure du déjeuner en famille.

La statue de saint Paul est sortie de l'église dans l'après-midi et promenée en tête d'une procession dans les rues de La Valette. Nous retrouvons ce saint Paul naufragé un peu avant vingt et une heures, dans une rue proche de la chancellerie. Foule nombreuse, en liesse depuis des heures, pluie de confettis blancs jetés de toutes les fenêtres, la seule neige jamais tombée sur le sol maltais, familles aux balcons. Une banda, bannières pauliennes au vent, musiciens des deux sexes et de tous les âges, en uniforme bleu et blanc, rythme le pas de cette foule qui danse. (Les bandas sont des clubs avec des fanfares. Chaque banda soutient un parti, labouriste ou nationaliste, et se voue à un saint. Joseph, Philippe, Paul, etc. Les rivalités sont puissantes et scandent la vie des villages.) Saint Paul descend la rue qui porte son nom, pavoisée de drapeaux, décorée de guirlandes vertes. Chaque façade porte son collier d'ampoules électriques, beaucoup de gaîté. Le clocher de l'église, au fond de la rue, couvert de lumières, est le point fixe de cette ville qui s'est mise à tanguer. La foule piétine en se trémoussant, les hommes en avant de la procession frappent dans leurs mains et chantent. Ils donnent le rythme et font rouler de gauche à droite la statue au-dessus de leurs têtes. Ils sont les vagues et le vent du naufrage. Ce saint Paul *carioca*, chahuté par la tempête humaine, danse sur les épaules des porteurs, tous en longue tunique blanche qui découvre leurs épaules déformées par les brancards et le poids du fardeau. Certains exhibent même d'énormes bosses. Leurs gibbosités sont les médailles de ces Quasimodo maltais. Les dernières convulsions de la foule, plus nerveuses, moins dansées en approchant de l'église, annoncent un dénouement. Une hésitation, un court repos pour les porteurs, puis la statue s'élance et rentre chez elle sous les acclamations. Elle est devancée par la relique (un os de son poignet droit, *wristbone*), enchâssée dans une main en bronze doré, portée en tête d'une autre procession conduite par ce petit homme en rouge et en perruque, sa lourde masse en argent presque plus grande que lui toujours sur l'épaule. La foule s'évanouit. Les lumières s'éteignent. L'ombre enveloppe les rues d'un mystère sans nostalgie. Le silence transforme La Valette en un immense cloître de pierre.

Malte et Gozo catholiques depuis le naufrage de saint Paul ? Rien n'est sûr. Les historiens se disputent sur les deux siècles d'occupation musulmane (870-1090). Combien de chrétiens ont abjuré ? Combien ont gardé leur foi ? L'île a-t-elle été repeuplée par des colons arabes (ou berbères) de Sicile ? Les Arabes ont laissé derrière eux une langue, une architecture, un paysage (les petits murs qui clôturent les champs), des caniveaux de pierre pour l'irrigation, ce grand voile noir, *faldetta*, porté par les femmes jusqu'à la fin du XIXe, et le mot d'*Alla* pour nommer Dieu.

Il y a des jours à Zebbug où je crois entendre un muezzin. D'autres où je me surprends à le chercher.

Le catholicisme fut ma seconde patrie. C'était la religion des miens, celle de mon enfance. La vie, qui travaille lentement sa tapisserie, corrige sans cesse les courbes de nos existences, le temps est son métier. Adolescent, je m'étais hâté de renier la foi silencieuse des gens de ma race. Prêt à endosser la *condition de serviteur*, je l'étais, mais la Révolution fournissait d'autres évangiles. Bien sûr, j'ai fini par connaître quelques saisons amères. Comme tout le monde. Révélations rétrospectives, dissolution des illusions, rétractations idéologiques sur fond de tempêtes sentimentales. C'était le temps des grimaces du cœur et des drapeaux défaits. A trente ans, j'avais l'âme naufragée. Une église de campagne fut le berceau de ma consolation. C'était un dimanche, en hiver, j'étais assis au fond de la nef, sur le modeste banc qui avait été celui de mes grands-parents, et j'ai compris que ma place était là, que je devais à mon tour m'abandonner à cette sérénité qui me ramenait vers ma source. La lecture d'une lettre de James Joyce à l'un de ses amis m'aide alors à comprendre ce que je suis : un *catholique errant*.

Je suis rentré dans le troupeau au moment où être catholique, c'était être minoritaire. Les papes couverts de crachats médiatiques, les chrétiens persécutés dans l'indifférence générale (Irak, Chine, Afrique), la foi moquée par une ironie massive, l'Eglise toujours tenue pour une force obscurantiste, des contemporains niant notre Histoire, impatients de couper pour toujours les ailes du passé européen.

L'Europe est aujourd'hui un colosse d'argile bureaucratique affecté par divers troubles du comportement : amnésie dissociative, perte d'identité, dépression persistante. L'aveuglement hystérique sur l'importance des valeurs judéo-chrétiennes dans la formation de notre communauté de destins en est le symptôme le plus manifeste. Tous ces maux paralysent la volonté, entravent la pensée et l'action. Le corps est solide mais la tête est malade. L'oubli n'a jamais guéri personne.

Dans *Le passé d'une illusion*, François Furet écrivait que les Allemands et les Russes, deux grands peuples européens, étaient incapables, à cause des crimes qu'ils avaient commis, de donner un sens à leur XXᵉ siècle. Le passé tout entier leur devenait incertain. C'est toute la terre de l'humanisme qui a été contaminée par ce doute. L'amnésie contemporaine, dernière bombe à retardement du nihilisme brun-rouge.

Les îles sont les nouvelles catacombes. Je ressens chaque jour l'incompréhension et l'exaspération européennes face à cette foi maltaise qui résiste encore.

★

En 1664, au large de Rhodes, les galères de la Religion fondent sur un convoi de la Porte qui fait route vers La Mecque et s'est écarté des galères de garde ottomanes. Choc brutal sans être décisif, quelques navires turcs s'échappent, un autre est pris, puis coulé. L'équipage et les passagers faits prisonniers. Un pacha a été tué pendant l'abordage. Parmi les captifs, l'une des concubines de ce pacha (qui se suicide quelques jours plus tard en avalant un gros diamant), quelques beautés racées, une dame plus âgée, sans charme, et un enfant. La vieille femme est identifiée comme étant la nourrice du sultan de Constantinople. A Malte, les femmes sont libérées (sans doute contre rançon), mais les hommes de la Religion gardent l'enfant qu'ils confient aux dominicains de Mdina. Confidence de l'ancienne nourrice ? Il se dit alors qu'il est le fils du sultan Ibrahim Ier (1640-1648), bien que son père présumé ne le réclame pas. Les dominicains le baptisent, puis l'accueillent dans leur ordre, avant de l'envoyer terminer sa formation philosophique et théologique à Paris. Il est reçu à Versailles, par Louis XIV, où il devient aussitôt le centre des regards et des affections. Pour tout le monde, il est le *père Domenico Ottomano, O.P.* Madame de Scudery a raconté son histoire. J'ai dans mon bureau de Zebbug un portrait gravé de ce personnage, en perruque et habit de cour, devant un crucifix. Derrière lui, par une fenêtre ouverte, on aperçoit la mer et des bateaux. Le visage, un peu épais, sans grâce ni disgrâce, garde son mystère. Sur son blason, trois croissants de lune. Souvenirs de l'Hécate byzantine ou croissants de l'islam ?

Le fils du roi de Fez, prisonnier à Malte, fut lui aussi, à la même époque, converti au catholicisme. Mohamed Attesi avait alors vingt-cinq ans. Il fut baptisé le 31 juillet 1656, jour de la fête de saint Ignace de Loyola, par le père Gerolamo Mamo, à l'église des Jésuites de La Valette. Ignace de Loyola avait encouragé la création d'un collège jésuite à Malte, réclamée par le grand maître Claude de La Sangle, impressionné par le fait que les Maltais utilisaient une langue *sémitique*, proche de celle qui était parlée en Terre Sainte, et par la proximité de l'île avec le Maghreb. Les allers-retours d'une religion à l'autre ont été fréquents. Migrations spirituelles la plupart du temps conduites à la pointe du glaive. *Devchirme*, opération à grande échelle menée pendant des siècles dans les Balkans et en Grèce pour razzier des enfants ou des adolescents, qui fourniront janissaires et grands vizirs. Prisonniers de raids convertis par milliers, comme à Gozo après un débarquement des Barbaresques menés par Dragut et Sinan Pacha en 1551. Aléas des conquêtes et de leur reflux. Conversion des juifs, Espagne, Sicile, Malte. Il arrive que la transhumance obéisse à d'autres soucis. Appât du gain, commerce ou carrière. Tous les peuples des rivages méditerranéens ont fait l'expérience de cette frontière incertaine qui nous sépare de l'invisible. Vivre entre ces pointillés changeants enseigne une certaine sagesse.

⋆

Comino est l'une des trois îles de l'archipel maltais. Très fréquentée par les yachts en été. Des criques, des baies, des eaux turquoise, une transparence. Le *Blue lagoon* ou le paradis des baigneurs et des plongeurs. Au printemps, l'île désertée baigne dans un courant d'air tiède et la mer est presque vide. Quelques bateaux seulement, des pêcheurs, et le ferry monotone qui continue ses rotations entre Malte et Gozo. Le tour de l'île est vite fait. Un hôtel, fermé en hiver, un commissariat, tenu par un seul agent, présent par intermittence, une chapelle, où un prêtre de Gozo vient célébrer la messe une fois par semaine. Une tour bâtie par Wignacourt en 1620 pour abriter une garnison d'une trentaine de soldats et servir d'exil aux chevaliers indisciplinés. Et une ferme-élevage de cochons. L'île a servi d'abri aux corsaires et accueilli plusieurs ermites, des moines qui vivaient dans les grottes. Des prisonniers allemands y furent retenus pendant la Première Guerre mondiale. L'un d'eux avait construit un petit moulin à eau actionné par un rat. Comino a également hébergé un rabbin né à Saragosse en 1240.

Abraham Aboulafia était un pérégrin, comme Ibn Arabi (maître de la poésie et du soufisme andalou, mort en 1241), et comme le messie de Smyrne, quelques siècles plus tard (Sabbattaï Tsevi est mort en 1676). Aboulafia avait usé ses semelles sur les routes de Jérusalem. Ce lecteur de Maïmonide accordait une grande importance aux signes, aux chiffres et aux lettres de l'alphabet, où il cherchait le secret de la vie et de Dieu. Abraham Aboulafia se rend à Rome en 1280 avec le souci de convertir le pape Nicolas III à l'idée que les trois religions du Livre devaient s'entendre plutôt que se combattre. Réponse du pape : au bûcher ! Mais le pontife est emporté par une apoplexie. Aboulafia gagne Palerme, se présente comme un messie, se brouille avec la communauté juive de la ville, et s'installe à Comino où il passe trois ans, seul dans une grotte, avec le livre qu'il est en train d'écrire, *Sefer ha-Ot*. Il disparaît des écrans de l'Histoire quelques années plus tard.

J'ai retrouvé Aboulafia dans un roman d'Umberto Eco, *Le Pendule de Foucault*. Deux citations du rabbin de Comino sont placées en exergue de chapitre. Voici la première : « Et commence par combiner ce nom IHVH, seul au début, et à examiner toutes ses combinaisons, et le faire mouvoir et tourner comme une roue… » L'un des personnages du roman, un Piémontais, comme Eco, parle du Livre, des mots et de notre ermite de Comino : « Le mot, il faut le manger très très lentement, tu ne peux le dissoudre et le recombiner que si tu le laisses fondre sur la langue, et attention à ne pas baver sur ton cafetan, car si une lettre s'évapore, le fil, qui est sur le point de s'unir aux sefirots supérieures, se casse. C'est à cela qu'Abraham Aboulafia a consacré sa vie, tandis que votre saint Thomas s'escrimait à trouver Dieu avec ses cinq sentiers. Sa *Hokmath ha-Zeruf* était en même temps science de la combinaison des lettres et science de la purification des cœurs. Logique mystique, le monde des lettres et leur tourbillonnement en permutations infinies est le monde de la béatitude, la science de la combinaison est une musique de la pensée, mais attention à te mouvoir avec lenteur, et avec prudence, parce que ta machine pourrait te donner le délire, et non pas l'extase. »

J'ai rencontré Umberto Eco, à Milan, à Francfort, à Paris, à la Rhumerie ou chez notre éditeur Jean-Claude Fasquelle. La première fois, c'était dans sa maison de Monte Cerignone, en plein été. Les fenêtres de son bureau étaient ouvertes sur un paysage de petite montagne, entre Apennins et Adriatique. Sémiologue, fumeur de pipe, ancien animateur de revues d'avant-garde, déjà décrypteur passionné de l'actualité italienne, il venait de publier *Le Nom de la Rose*. « J'avais toujours été frappé, m'avait dit Eco, par l'identité de comportement des groupuscules soixante-huitards et des hérétiques du Moyen Age. Et aussi par la façon dont le pouvoir attribue les fautes de l'un à un autre pour mieux le détruire. Quand j'ai commencé à travailler, c'était comme si j'avais ouvert une armoire fermée depuis plus de trente ans. Pleine de toutes les fiches sur le Moyen Age accumulées pendant très longtemps. »

Le Pendule de Foucault est un roman shaker, de la même encre que *Le Nom de la Rose*. De larges rasades d'érudition, quelques pointes de ragots hermétiques, un fond de liqueur de mystère, des personnages intriguant (nous retrouvons bien sûr Cagliostro, prétendu Arabe maltais, né à Palerme, mage mondain, magnétiseur, ami d'un Rohan – le cardinal, compromis dans l'affaire du collier de la Reine). Eco s'amuse et appelle Arsène Lupin à la rescousse, s'il le faut. Il dresse la carte des lieux où se concentreraient les fluides de l'énergie du monde, source d'omnipotence. Menhirs des druides et pierres de Stonehenge. Carte de la Champagne, aussi, berceau des Templiers (Hugues de Payns), de leurs commanderies (Forêt *d'Orient*), des contacts avec Cîteaux et les textes hébraïques, province refuge, Provins, lieu parfumé de secret, avec sa grange aux Dîmes, sa rue des Blancs-Manteaux, ses catacombes. Il brasse les rites sataniques et mauresques, la magie et la Kabbale, les testaments apocryphes, le mariage de Jésus et Marie-Madeleine à Cana, les Rose-Croix et la Franc-Maçonnerie, les énigmes de l'Histoire et ses connexions improbables (notamment celle des Templiers avec les hommes d'Alamut, le Vieux de la montagne). Il dessine la généalogie des légendes et des conspirations jamais élucidées, ourdies par ceux qui pensent avoir reçu la vengeance en hoirie. Etrange ressentiment qui passe en secret de main en main. Fièvre perpétuelle qui grippe la musique de la pensée. Autre quête du Graal. La vengeance d'Hiram, l'un des Bâtisseurs du Temple de Salomon devient celle des Templiers, le *chevalier croisé par excellence*, celui qui a la garde du sud du Temple de Jérusalem (d'où tout est parti, parce que tous les secrets étaient transcrits dans les mesures du Temple). Accusés de tous les maux (sodomie et hérésie) par le Vatican, détruits par Philippe le Bel, et les Templiers auraient survécu dans les loges anglaises et écossaises. Sociétés du vœu et du secret qui revivront sous d'autres formes chez les révolutionnaires et les libertins. Dans les loges jacobites au XVIIIe renaîtra la rumeur de la prochaine vengeance de Jacques de Molay, le dernier grand maître des Templiers, brûlé à Paris sur ordre de Philippe le Bel.

Eco risque quelques sauts périlleux dans l'antichambre des sacristies occultistes ou sur les tapis volants de la légende, mais ses inventions ont belle prestance, il retombe sur ses pieds. Son pendule, parti de Comino (Aboulafia), est passé sur la Champagne et s'arrête sur le Temple. Le Temple nous ramène à Malte. Les chevaliers de Saint-Jean ont récupéré les biens des Templiers (et notamment le Temple à Paris). Personne ne dit comment vécut Abraham Aboulafia à Comino, entre maquis et roches, yogi sémite concentré sur l'infini des lettres et de leurs combinaisons, au milieu des eaux, à l'épicentre des grandes rêveries religieuses qui sont les seules vraies marées de la Méditerranée.

Une semaine avec Bonaparte

> « Il n'y a rien à faire en Europe
> depuis deux cents ans ;
> ce n'est qu'en Orient qu'on peut
> travailler. »
>
> NAPOLÉON

« Il aborde à Malte, déniche la vieille chevalerie retirée dans le trou d'un rocher et descend parmi les ruines de la cité d'Alexandre », écrit Chateaubriand. La conquête de Malte est une poche vide sur la vareuse de la légende. Il y avait pourtant de la prophétie dans ce premier pas. L'avenir – la passion administrative de Bonaparte, l'appel de l'Orient, l'envol de l'aigle et même les drapeaux défaits – était filigrané dans cette conquête de « la place la plus forte d'Europe, au cœur de la Méditerranée », comme le jeune général vainqueur l'écrit au

Directoire. « Et il en coûtera cher à ceux qui nous délogeront ! »

Instructions et conseils m'avaient demandé d'éviter le sujet (les Maltais étaient présumés tous le détester). Bonaparte avait passé huit jours à Malte, les Français deux ans, et les Anglais près de deux siècles. Appelés par les Maltais pour les aider à retrouver leur indépendance, les Britanniques, ces insulaires du Nord, ont cuirassé leur nid dans la forteresse de La Valette, refusé de rendre l'île aux Maltais ou à l'ordre de Saint-Jean, négligé la paix d'Amiens (en 1802 ; il est vrai que personne n'en voulait), menacé les chevaliers encore présents sur l'île, gravé les armes de la Couronne britannique sur l'ancien trône du grand maître, à la co-cathédrale Saint-Jean et vidé le Palais de ses trésors (canons en bronze, armures, etc.). Si l'occupation anglaise a aussi détruit les bases d'une cuisine locale d'inspiration sicilienne – les viandes bouillies ont désappris aux Maltais l'art de la *pasta* –, elle a laissé sur place l'usage d'une langue internationale, des écoliers en *school ties*, de très sûres connexions avec la City, et quelques principes d'éducation et de gouvernement ; ce n'est pas rien. L'île est devenue indépendante en 1964, les troupes britanniques ont quitté Grand Harbour le 31 mars 1979, mais la petite armée de l'île porte des uniformes d'été qui rappellent encore l'armée des Indes, et il y a parfois une place à Sandhurst pour un officier des Forces armées maltaises. De nombreux Maltais m'ont confessé détester les Anglais, mais toujours adorer la Reine, et d'autres m'ont avoué un faible durable pour leurs anciens maîtres, sous prétexte de toujours se méfier des Italiens. Il faut tourner les pages du mille-feuille de leur Histoire jusqu'au chapitre de la Deuxième Guerre mondiale pour déchiffrer les détours du sentiment national maltais. Les Anglais, m'avait-on prévenu, ont pourtant réussi à élever dans l'esprit d'un grand nombre de Maltais les vieilles attaques du francophobe William Pitt et les caricatures de la presse londonienne au rang d'évidences historiques. Ils ont noirci l'ogre corse pour se blanchir eux-mêmes.

*

Août 2008. Quelques jours après mon arrivée, le ministre des Affaires étrangères, Tonio

Borg, demande à me voir, avant même que j'aie remis mes lettres de créance. C'est une invitation amicale, hors protocole, me précise-t-il au téléphone. Son ministère est à quelques minutes à pied de l'ambassade, au centre de La Valette. Par un après-midi de plein soleil, je grimpe les marches de Melita Street jusqu'à Merchants Street. Je parcours quelques mètres au milieu d'un flux piéton qui mêle dans une lumière blanche touristes en short dégorgés des bateaux et insulaires en tenues variées, et m'arrête devant l'élégant Palazzo Parisio. Première surprise : à droite du portail d'entrée, une plaque commémorative rappelle que Bonaparte habita dans ce palais, pendant son séjour maltais, du 12 au 18 juin 1798. Un collaborateur du ministre me conduit au premier étage où Tonio Borg m'attend, entouré de ses conseillers. Sur son bureau, un exemplaire du *Monde*. Café, eau fraîche, quelques paroles de bienvenue, puis, nouvelle surprise quand le ministre se lève et me montre un buste de l'Empereur (avec cette légende gravée sur le socle : *Napoleon the Great*) : « Ce buste a été commandé et installé dans ce bureau par Sir J. Gaspard Le Marchant, gouverneur britannique de Malte en 1858. Etonnant, non ? »

Tonio Borg m'entraîne vers un dégagement de la pièce, haute et d'agréables proportions, ceinte d'une frise néoclassique, à la grecque : « Ici, c'était sans doute une alcôve, je peux dire que Bonaparte dormait dans mon bureau. Attention à la marche. C'est peut-être Bonaparte qui l'a fait mettre, pour faire tomber une jolie Maltaise directement dans son lit. » Je pose mes mains sur le marbre du buste. Le ministre continue de parler de l'épisode français de 1798. Il m'avait été conseillé d'oublier Bonaparte. Le voici au centre de ma première rencontre avec un Maltais d'importance.

*

Il est âgé de vingt-neuf ans et quitte Toulon le 19 mai 1798 sous les acclamations, dans une ambiance de fête. Joséphine est venue le saluer. A Paris, Barras s'écrie : « Il est enfin parti ! » Bonaparte est un Méditerranéen. La lumière des îles semble l'accompagner sur la courbe de sa vie. La Corse, l'île berceau ; Malte, l'île du départ, le printemps de sa gloire orientale ; Elbe, « l'île du repos », « tanière à renards » où il aurait pu « être heureux », mais où il finit par s'ennuyer de lui-même et de la France, « comme un enfant qui a perdu sa mère ».

En 1797, vainqueur en Italie, Bonaparte pense à la Méditerranée. Sera-t-elle un jour « notre mer », comme il le souhaite ? Mais nous ne sommes pas seuls. La Russie, qui vient d'assommer le sultan ottoman, cherche à étendre son influence. L'Angleterre a perdu sa base de Minorque, en 1783. Pour Nelson, Malte permettrait de gagner au change, d'autant que d'une certaine façon, la place est vide. La Valette avait été un relais important pour la France et nos chambres de commerce (notamment celle de Marseille) sur la route des échelles du Levant. La moitié du commerce maritime maltais était français. Les Français avaient toujours été majoritaires parmi les chevaliers, et par eux, la France, ses marchands et ses armateurs, se sentait chez elle sur le rocher maltais. Mais en septembre 1789, il devient d'actualité de mettre les biens de l'Ordre à la disposition de la nation.

La Constituante hésite et le grand maître Emmanuel de Rohan (que les Maltais appellent le *sultan Dirwhan*) reste prêt à négocier. Tout bascule après septembre 1792. L'entrée en guerre de la France, la chute du Trône et l'abolition des vestiges de la féodalité entraînent la saisie des biens de l'Ordre sur le territoire français. Rohan, amputé d'une partie de ses revenus, frappé d'apoplexie après Varennes, paralysé du côté droit, meurt en 1797, remplacé par un Rhénan entouré d'une réputation de mollesse, le « triste » Ferdinand Hompesch, qui tend les bras à la Russie. Bonaparte écrit d'Italie au Directoire et à Talleyrand. Dans toutes ses lettres, un rêve, l'Egypte, et un point de fixation, Malte. « Cette petite île n'a pas de prix pour nous. Avec l'île d'Elbe qui nous viendra, la Sardaigne et Gênes, qui tomberont sous notre dépendance, nous serons maîtres de la Méditerranée. »

Talleyrand aussi louche vers l'Egypte et recommande au Directoire la prise du Caire et de Suez. Cette idée n'est pas neuve. Leibnitz l'avait déjà soufflée à Louis XIV, et depuis la guerre turco-russe de 1768, les archives des Affaires étrangères conservent plusieurs projets de colonies françaises en Egypte, tous focalisés sur le retour de la France en Méditerranée.

Malte est devenue un nid d'espions. Le chevalier de Sade, fils du divin marquis, renseigne la Couronne britannique pour une guinée par jour. Bonaparte a demandé au Directoire de prendre un arrêté qui l'autorise « à cultiver les intelligences » qu'il a déjà sur l'île. Des citoyens maltais résidant en France dressent des cartes de Malte et de ses défenses, des plans de ville pour les passer au Directoire. Des commerçants de Marseille et de La Valette, penchés sur leurs livres de compte, commentent à voix basse la progression des idées jacobines. Le 13 novembre 1797, sous couvert d'une inspection générale des Echelles du Levant, Bonaparte envoie à La Valette le premier secrétaire de la Légation française à Gênes, le citoyen Poussièlgue, chargé de prendre contact au plus vite avec le consul français à Malte, Jean-André Caruson, favorable aux idées républicaines. L'émissaire de Bonaparte passe cinq semaines sur l'île, à la fin de l'année 1797 et rencontre quelques chevaliers français gagnés par la passion révolutionnaire, notamment Picot de Moras et Bosredon-Ransigeat, ancien secrétaire du trésor. Il prend langue avec des Italiens, s'assure quelques amitiés parmi les Espagnols, travaille à diviser un ordre fissuré.

Les pauvres des faubourgs et du port, ceux qui se nourrissent de pain d'orge et de caroubes, tout comme les négociants des quais, sont fatigués des chevaliers, tandis que les bien-nés, bourgeois de La Valette ou aristocrates de Mdina, las de leur mépris, sont quelques-uns, et non des moindres, à prêter une oreille bienveillante aux séductions républicaines. Chez les chevaliers français, pris entre deux loyautés, le doute s'installe. Le si jeune vainqueur d'Italie rend un sourire à leur pays défiguré par la Terreur et les massacres de Septembre. Certains sont tentés de retrouver le chemin d'une fidélité française. L'arrivée de Bonaparte fait tourner ces ventres vides et ces fiertés sans cause. Malte est un fruit qui se détache.

★

16 février 2010. Déjeuner d'historiens et de journalistes maltais à Zebbug. Mes trois convives ouvrent la boîte à souvenirs bonapartiste. Richard Mifsud, yeux bleus, cheveux blancs, traits fins, teint pâle, lunettes. Rien d'un méridional. Ce proche de Dom Mintoff est encore un enfant quand il lit un article sur Napoléon dans un magazine acheté d'occasion. Il a publié un petit livre sur les Maltais qui ont suivi Bonaparte en Egypte, *Napoléon's Maltese Legion*. Le romancier Frans Sammut, venu en

voisin, fils d'un docker. Cet ancien instituteur a milité pour le *Labour Party*. Cheveux blancs, des gros yeux, moustache drue et blanche, le teint très sombre, solide poignée de main, auteur de *Bonaparte à Malte*. Charles Xuereb, journaliste, producteur de radio et de télévision – un homme élégant qui a promené son micro dans tous les villages de l'île –, francophile engagé depuis trente ans, anticlérical. Charles prépare un livre sur la mémoire des Français à Malte et leur diabolisation par les Anglais. Il vient de trouver une lettre envoyée en 1807 par le gouverneur anglais Alexander Ball au ministre des Affaires étrangères pour l'informer de la persistance d'un fort « parti français » dans l'île et notamment à La Valette. Ces fidèles lecteurs du *Moniteur* et du *Journal de Malte* (premier journal maltais, créé par Bonaparte) parlent avec la foi des minoritaires. Leur conversation fait tourner les personnages et les époques. Manduca qui en 1798 travaille pour Bonaparte (puis contre lui) dans cette maison devenue Résidence de France, Dom Mintoff qui se réclame toujours de 1789 (jamais de 1917), Sade domestique des Britanniques, le 14 Juillet de l'évêque Labini à La Valette, les journalistes des années 20 stipendiés pour écrire contre les *diables français* dans des périodiques en italien. Beaucoup de zones grises encore sur la tapisserie de Bonaparte à Malte. L'Histoire s'écrit aussi en rêvant. Dans le jardin, un soleil d'hiver traverse obliquement les orangers. La lumière s'accroche à leurs feuilles cirées et polit les formes des fruits, déjà gonflés de jus. Nos amis continuent de remonter vers le passé, vers la source d'un instant révolu, cette semaine de juin 1798 dont ils se sentent orphelins et qui continue de les hanter.

★

Au départ de Toulon, l'escadre, sous les ordres des amiraux Brueys et Villeneuve, profite d'une tempête pour disparaître dans les brumes et échapper à Nelson, posté en surveillance, car il craint une invasion de l'Angleterre et veut connaître les intentions françaises (les deux flottes ne se retrouveront qu'en Egypte). A bord de *L'Orient*, vaisseau amiral à trois rangs de quarante canons, Bonaparte échange idées et projets avec les scientifiques de son bord. « Notre colonie de savants est en très bonne disposition. » Le 9 juin, à la pointe du jour, les

Maltais découvrent sous leurs remparts une mer hérissée de voiles. Dix huit vaisseaux de ligne, quatre-vingt-dix frégates, des corvettes, des bricks, des chaloupes canonnières, et trois cents bâtiments de transport de troupes, portant environ quarante mille hommes et six mille chevaux : la plus grande armada rassemblée en Méditerranée depuis Lépante. Les mâts dessinent une forêt sur la mer entre l'île de Gozo et le port de Marsaxlokk. Bonaparte envoie Desaix auprès du grand maître pour lui demander l'autorisation d'entrer dans le port, pour l'aiguade. Le grand maître n'autorise que l'entrée de quatre bâtiments. « Puisque vous nous privez d'eau, répond Bonaparte, nous allons en prendre nous-mêmes. »

Le débarquement commence le lendemain 10 juin à l'aube. La défense de l'Ordre souffre de son improvisation. L'aristocratique Mdina ouvre ses portes aux Français. Des paysans crient *à la trahison* et refluent dans La Valette où le clergé organise sur les bastions une procession derrière la statue de saint Paul, sous le regard ironique de jeunes chevaliers français. La suspicion est partout. La peur d'un bombardement, aiguisée par quelques chevaliers français, augmente le défaitisme général, même si aucun des grands forts de l'île n'est pris. Les jurats (le marquis Testaferrata, le baron Dorell, le marquis Delicata, le docteur Muscat, Jean-Baptiste Grognet, le juge Borg Olivier, le comte Luigi Preziosi, l'avocat Torregiani, etc.), réunis à l'hôtel de ville avec quelques citoyens, réclament une trêve au grand maître. Le 11 juin, à neuf heures du matin, ce dernier fait passer à bord de *L'Orient* une demande de cessez-le-feu.

Le lendemain, vers midi, une délégation de l'Ordre monte à bord de *L'Orient*. Bonaparte dicte la capitulation qu'il intitule *convention*, précise-t-il, « par ménagement pour l'honneur chevaleresque ». La ville et les forts de Malte sont remis à l'armée française. L'Ordre renonce en faveur de la République française à tous ses droits de souveraineté et de propriété sur l'archipel maltais. Une pension de 300 000 francs est octroyée au grand maître. Les chevaliers français pourront librement rentrer en France et recevront toute leur vie durant une rente de 700 francs (1 000 francs pour les chevaliers de plus de soixante ans). Les Maltais continueront à jouir de la liberté du culte catholique, maintenue religion dominante du pays, et ne seront soumis à aucune contribution extraordinaire.

Vers neuf heures, le drapeau français est hissé sur les forts Ricasoli et Saint-Elme. Bonaparte prend une chaloupe pour aller à terre. Il accoste au quai de Grand Harbour, près de la Customs House sous les applaudissements de chevaliers français et de Maltais jacobins. Les chevaux et les carrosses du grand maître l'attendent près du bâtiment de la douane, mais il préfère prendre possession de la ville à pied. Escorté de son état-major et de sa garde, il entre par la Porta del Monte (Harbour Gate), avance sur les pavés d'East Street, de St. Christopher Street et de Merchants Street, jusqu'à la Maison commune de ville puis s'arrête à l'hôtel du baron Parisio, où il établit son quartier général. Dans la nuit du 17 au 18 juin, le grand maître, le manteau de pointe sur les épaules, sort du palais avec ses gardes et s'embarque sur un navire marchand qui met aussitôt à la voile pour Trieste, escorté par une frégate française. Entouré d'une vingtaine de chevaliers, pages, servants d'armes et domestiques, il emporte avec lui un morceau de la vraie croix, venue de Jérusalem, un os du bras de saint Jean le Baptiste, donné par le sultan ottoman Bajazet à Pierre d'Aubusson (quarantième grand maître, enterré à Rhodes en 1503) et l'icône de la

Vierge de Philerme. Deux jours de combats douteux ont suffi pour mettre fin à 268 années de domination des chevaliers sur Malte et à voiler la réputation d'un ordre dont exploits et vertus ont fait la gloire de l'île. Inéluctable crépuscule des vieilles républiques aristocratiques qui tenaient la Méditerranée. Venise, Gênes, Lucques, Malte, rendent les armes. Comme le dit en plaisantant Caffarelli à Bonaparte : « Ma foi, mon général, nous sommes bien heureux qu'il y eut quelqu'un en ville pour nous ouvrir les portes. »

⋆

17 juin 2010. Mystère des dates. C'est par une nuit pareille que le dernier grand maître a quitté l'île. Douceur déjà estivale. Pas un souffle de vent. Dîner sur la terrasse, à Zebbug où j'ai reconstitué pour un soir une petite société française. Traits fins, presque pincés, mince, une allure encore adolescente ; une voix très douce, c'est Emmanuel de Waresquiel, qui vient de donner une conférence en français sur Bonaparte. Talleyrand mène à tout, et surtout à ceux qu'il a abandonnés après les avoir suivis en claudiquant. Emmanuel de Waresquiel

vient d'une famille des Flandres espagnoles, anoblie par Philippe II, récupérée par Louis XIV. Parmi ses ancêtres, des camériers du pape et madame de Staël. Son père, officier, était le premier aide de camp de Montsabert qui l'appelait *Mon mousquetaire*, Juin est son témoin de mariage, mais il quitte l'armée pour ses propriétés. Emmanuel enfant lit Alexandre Dumas et Hugo, se passionne pour la résurrection de la monarchie, puis succède à Georges Lacour-Gayet comme biographe de Talleyrand (Roger Stéphane disait toujours : « Pour Fouché, lisez Madelin, pour Talleyrand : Lacour-Gayet ! ») tout en veillant sur sa maison et sa cavalerie. J'ai publié dans Bouquins les *Mémoires et correspondance* du prince de Talleyrand établies et présentées par ce *gentleman-driver*. Un visage rond de paysan champenois, le teint coloré, le crâne chauve, plus solide que corpulent, Pierre Méa, titulaire des orgues de Reims (je l'ai invité à jouer demain à Saint-John Cathedral). Et un invité surprise, Emmanuel de Rohan, l'un des pionniers des sociétés de jeux en ligne. C'est la première fois qu'il vient à la résidence, dans la ville éponyme de son lointain parent, *Città Rohan*. Longiligne, les joues mangées par une barbe clairsemée, cultivé, des lunettes rectangulaires, d'assez gros yeux qui s'amusent à regarder tourner le monde et les hommes. Conversation sous les étoiles, et sous cette lune qui toujours me fait penser à Carthage. Au menu : la semaine maltaise de Bonaparte. Cette bousculade d'hommes et de talents dans les rues de La Valette, ce sont eux qui vont habiter la légende du futur empereur. Tous les aides de camp et généraux *premiers nés de sa gloire*, comme l'écrit Chateaubriand, promis à des destins variés, souvent tragiques, morts sur le champ de bataille, fusillés par l'ennemi, emportés par la folie ou le chagrin, suicidés : Berthier, Caffarelli, Kléber, Desaix, Lannes, Murat, Menou, Marmont et ses savants, hommes de sciences et de plume, au nombre de 167, parmi lesquels Monge, Berthollet, Geoffroy Saint-Hilaire, Conté, l'ancien chevalier Dolomieu, Fourier, Vivant Denon, futur directeur du Louvre, et Redouté, le peintre des roses. « Entre le 8 et le 18 juin, dit Waresquiel, Malte devient un concentré de gloire et de mort. L'île ressemble tout à coup au *Château des destins croisés* d'Italo Calvino. »

*

Du palais Parisio, Bonaparte administre sa conquête. Malte, pendant ces cinq journées pleines de décisions et de paraphes, est devenue son laboratoire. Administration, justice, santé, éducation, défense, il s'occupe de tout. Il met en vente les biens de l'Ordre, fait saisir le poignard donné à La Valette par Philippe II, l'or et l'argent de toutes les auberges, le trésor de Saint-Jean. L'or est fondu, converti en lingots, déposés avec les pierres précieuses, mises sous scellés, dans la caisse du payeur de l'armée, sous la protection des baïonnettes, pour financer l'expédition d'Egypte. Il porte un soin particulier aux prêtres maltais (ils réclament la restitution des biens de l'Ordre) qu'il place sous sa protection, il rédige un rapport pour le Directoire, fait fusiller, sous les yeux de tous, le soldat Favier qui a conduit une bande de pillards dans le couvent Sainte-Catherine de La Valette et menacé les chanoinesses. (Les pillages existèrent mais ne furent pas seulement le fait des Français.) Le régime féodal et l'esclavage sont abolis, l'égalité des droits proclamée, la liberté religieuse rendue aux juifs, mais le port de la cocarde devient obligatoire, certains titres et parchemins de l'Ordre sont détruits, et ses armoiries arrachées du front des églises et des palais (fureur iconoclaste de la Révolution française). Il donne aux Maltais son code civil, toujours en vigueur, fonde un journal, le premier de l'île. Le *Journal de Malte*, publié en français et en italien, et tiré à cinq cents exemplaires. Bonaparte consacre son dernier jour à imaginer deux degrés d'enseignement. Il ordonne la création de quinze écoles primaires et remplace l'université par une Ecole centrale (avec un cabinet d'antiquités, un muséum d'histoire naturelle, un jardin botanique et un observatoire).

Le 17 juin, *L'Orient* quitte Grand Harbour à midi, poussé par une légère brise de sud-est. Le navire amiral reste au mouillage à l'entrée du port, pendant que la flotte se rassemble lentement et non sans peine. Le 18 juin, au matin, Bonaparte monte à bord et toute l'escadre quitte le tremplin de son rêve oriental. Il emmène avec lui quelques dizaines de chevaliers français (ils étaient 260 à son arrivée, pour un total de 362). Toussard, Lascaris, Lescours, Scipion du Roure, Falletan, les deux frères La Panouse, et aussi un certain Marc-Antoine de Saint-Exupéry qui sera tué à Aboukir. Sur les bateaux français se trouvent environ deux mille Maltais, enrôlés de gré ou de force, qui vont former la Légion maltaise. Que laisse-t-il derrière lui ? Quelques chevaliers français, une troupe de quatre mille hommes sous les ordres du général Vaubois.

*

Mars 2010. Un samedi après-midi, un immeuble sans caractère, un peu abandonné, dans une petite rue de Floriana presque déserte pendant le weekend. Au premier étage, cinq hommes m'attendent dans un appartement loué à l'année pour satisfaire leur passion. Pratiquement pas de meubles : quelques tables, des étagères et un réfrigérateur. Tous paraissent dans la cinquantaine, sauf Martin, plus jeune. Ils sont transporteur, manager d'hôtel, propriétaire de magasins de cycles ou d'agence de voyage, technicien électronique. Des cheveux grisonnants, des petites barbiches, des lunettes fines, des sourires. « Nous sommes des collégiens qui vieillissons ensemble, me dit David le transporteur. Le temps passe, nous continuons de jouer. » Ce qui leur plaît, c'est d'enfiler leurs uniformes de l'armée impériale, de passer cartouchières et sabres à la ceinture et de revivre les grands moments de l'histoire napoléonienne. Marengo fut leur baptême du feu. Conviés à une reconstitution de la bataille où le général Desaix (surnommé le *Sultan juste* par les Egyptiens) trouva la mort deux ans jour pour jour après son passage à Malte, mêlés à des « troupes » venues de toute l'Europe, ils ont eu « l'honneur d'être intégrés dans la garde personnelle de l'Empereur. Nous sommes restés de garde toute la nuit, sous la pluie, c'était un excellent début ».

Leurs loisirs sont consacrés à toutes les stations du pèlerinage napoléonien. Golfe-Juan, Saint-Raphaël, la campagne d'Italie. Ils ont piétiné à Austerlitz dans la boue et les tourbillons de neige, retraité à Waterloo, se sont recueillis aux Invalides, ils ont même fêté le bicentenaire du maréchal Soult en 2004 dans son village natal, à Saint-Amans, dans le Tarn. David fait défiler sur l'ordinateur de leur étrange garçonnière les modèles des uniformes de l'époque. Tout est reconstitué avec un soin minutieux. Les cartouchières sont fabriquées au Royaume-Uni, les sabres de grenadier en République tchèque, les baïonnettes en Italie. Sur une étagère, un bicorne. Aux murs, des photos souvenirs de tous leurs bivouacs, des affiches commémoratives. Sur deux longues tables à tréteaux, ils font évoluer des régiments de soldats de plomb pour entrer dans le mystère de chaque bataille. Et leurs concitoyens, que pensent-ils de leurs jeux de rôle ? « Vous imaginez ce que peuvent penser des gens qui ont été tenus si longtemps dans l'ignorance par les Britanniques », me répond Martin le voyagiste. « L'Histoire est toujours écrite par les vainqueurs », renchérit Mario.

Avant de me laisser partir, ils sortent une bouteille de vin blanc, puis une bouteille de porto. Leurs rencontres se terminent toujours par le même rituel. Des toasts, *Mort au tyran ! Vive la nation !* Et des chants. Ces anglophones ne s'expriment plus qu'avec quelques mots de français. *Vive l'Empereur !* Leur chœur d'hommes résonne dans les pièces vides. Ils entonnent un chant de marin adopté sous l'Empire par les grognards. *Buvons un coup, buvons-en deux, à la santé des amoureux, à la santé du roi de France, et merde pour le roi d'Angleterre, qui nous a déclaré la guerre.* Ils finissent en chantant la République. *Un Français doit vivre pour elle. Pour elle un Français doit mourir.*

Si vous passez un soir par Lion Street à Floriana, vous entendrez peut-être un mélancolique *Chant du départ* s'échapper des fenêtres d'un immeuble vétuste. Vous vous souviendrez alors de ces cinq vieux collégiens qui endossaient des uniformes de la 19e demi-brigade d'infanterie de ligne pour patrouiller dans la nappe d'émotions et de souvenirs qu'un jeune homme de vingt-neuf ans avait laissée derrière lui.

★

Le jeune homme est parti. Les rues de Malte se parent de noms français. Rue de la Fraternité, de la Liberté, des Patriotes, de la Reconnaissance, de l'Hôpital, de la Monnaie, des Défenseurs de la patrie, etc. (La strada Egualianza, situé près du palais des Grands Maîtres, est la seule à avoir encore aujourd'hui gardé son nom républicain.) Le jardin privé du grand maître, près de Victoria Street, est baptisé la Favorite.

Les pillages, les impôts, les lois nouvelles (suppression des baux sur trois générations, beaucoup de paysans sont aussitôt touchés par cette mesure), la hausse du taux d'intérêt au Mont-de-Piété, le départ des chevaliers, qui devaient tous de l'argent aux Maltais (Hélène Farrugia-Randon me confie : « Hompesch est parti avec l'argent que lui avait personnellement prêté ma famille. Il en avait eu besoin avant son élection, pour faire campagne, puis après son élection ; pour son train de vie. Nous n'avons rien récupéré »), s'ajoutent à une sévère crise économique qui dure depuis cinq ans, due aux pertes des biens français de l'Ordre.

A La Valette, la population célèbre le 14 Juillet avec une certaine froideur, malgré les courses de chevaux, le feu d'artifice et les chants des soldats français qui festoient jusqu'à une heure avancée dans une ville illuminée par des centaines de lampes à huile. Un arbre de la liberté est planté place du Palais. L'évêque Labini célèbre une messe de Te Deum à la cocathédrale Saint-Jean, où ont pris place les officiers français et leurs invités, notamment Tallien, l'âme du 9 Thermidor et le général Lanusse, qui ont fait escale à Malte sur la route de l'Egypte.

Le 28 août 1798, un vaisseau et deux frégates français, sous les ordres du contre-amiral

Villeneuve, jettent l'ancre à l'entrée de Grand Harbour : le *Guillaume Tell*, la *Diane* et la *Justice*. A bord, beaucoup de soldats blessés ou malades. Les rescapés apportent à Malte la nouvelle du désastre d'Aboukir. De fausses rumeurs commencent à circuler. Des navires anglais croisent dans le canal de Sicile. Les paysans et les prêtres, majoritaires chez les mécontents, retrouvent espoir. Au début du mois de septembre, Regnault d'Angely, par intolérance ou cupidité, rompt la promesse de Bonaparte au clergé maltais et ordonne la saisie des biens de l'église des Carmélites de Mdina. Des habitants sonnent le tocsin, alertent des communes voisines. Les Maltais francophiles tournent le dos à la France. C'est le début de la fin. Les soixante-trois Français en garnison à Mdina sont égorgés. L'insurrection se répand jusqu'à Gozo. Vaubois s'enferme dans La Valette. Les Maltais réclament l'aide de l'Angleterre.

Vaubois tient l'un des plus longs sièges de Malte, mais le 5 septembre 1800, il abaisse son pavillon. Le capitaine Alexander Ball, commandant de la flotte britannique, est nommé gouverneur de l'archipel au nom de *Sa Majesté Sicilienne*, en attendant que le

Royaume-Uni prenne *la nation maltaise sous sa protection*. Quelques mois après la paix d'Amiens (mars 1802), Lord Melville déclare à la Chambre des Pairs : « Je dis que Malte ne doit pas être possédée par les chevaliers de Saint-Jean, mais par nous-mêmes… Tenons-la donc, non seulement pour maintenant, mais pour toujours. » Ce toujours dura près de deux siècles.

★

Février 2010. L'ancien président Guido de Marco est né pendant l'occupation anglaise, en 1931, dans une famille de commerçants ambitieux, maltaise par les hommes depuis la fin du XVIIe, encore fraîchement sicilienne par sa mère. Son père possédait un établissement de bains, fréquenté par les officiers de la *Navy*, son grand-père représentait des marques de chaussures italiennes à La Valette. Un ancêtre au service de l'Ordre : Giuseppe de Marco, devenu médecin personnel du grand maître français Wignacourt après des études à Montpellier et Salerno (fameuse école de médecine, près de Naples, où la science grecque avait été transmise par des penseurs arabes et juifs). Wignacourt, apprenant que le bey de Tunis était malade, voulant lui être agréable, lui avait envoyé son médecin. Le bey meurt malgré les soins. « *Dottor de Marco ritorno a Malta in disgrazia.* » Il n'y eut plus de médecin dans la famille qui tissera pourtant de nouveaux liens avec l'Ordre, bien des années plus tard. Guido avait toujours son couvert mis chez le grand maître Fra Andrew Bertie, dans les années 90, en Toscane.

Petit de taille, né avec des cheveux rouges, amaigri et défeuillé par l'âge, l'œil vif et rieur, une élégance sicilienne, une canne, une bague à l'annulaire gauche, sous son alliance, la croix de Malte à la boutonnière, toujours en alerte, infatigable, une culture historique à la mesure de son expérience du monde. Ses souvenirs des grands de la planète sont des dépouilles opimes qu'il ressuscite toujours à bon escient. Un charme de chaque instant et un grand goût pour la parole – on l'appelait déjà *l'avocat* quand il usait ses culottes courtes chez les jésuites de Saint-Aloysius.

Patriote sous les Britanniques, épris de la Méditerranée, également lié à Yasser Arafat (il passe un Noël à Bethléem avec lui) et Ariel Sharon (mais aussi à Shimon Pérès), européen dans l'âme, admirateur de Schuman et de

Gaulle, jamais déquillé, il est devenu l'une des figures tutélaires de l'archipel, continuant de tester sa popularité à la terrasse du café Cordina à La Valette, personnage de Lampedusa plus que de Mario Puzo. Ce président *emeritus* fut l'un de mes premiers amis. Il m'avait surpris en parlant de Bonaparte, à bord de la *Marne*, amarré au Pinto Wharf de Grand Harbour, un jour de printemps 2009. Arrivé non sans peine, la canne à la main, par un labyrinthe d'échelles et de couloirs, suivi par sa femme Violet, il entame aussitôt une discussion sur la politique méditerranéenne de Nicolas Sarkozy puis enchaîne sur les défaites françaises. 1870, 1914, 1940. Il n'évoque nos abîmes que pour mieux s'étonner de nos capacités de sursaut. Son prologue sur un phénomène français (trahison-défaite-résurrection) le conduit assez vite à parler de Bonaparte et de son séjour à Malte. « Vous savez, si j'avais eu vingt ans à La Valette en 1798, je dois avouer que je ne sais pas ce que j'aurais fait. Ou plutôt, je le sais, je l'aurais suivi. »

Je lui rends visite, un matin d'hiver, dans sa maison de Hamrun, *L'Orangerie*, quelques mois plus tard. Janvier a été plutôt doux et ensoleillé, mais une humidité persistante finit par glacer les maisons qui ignorent le chauffage central. Guido me reçoit dans un salon peu meublé, il porte un gilet de cachemire bleu sous sa veste de costume, un plaid noir sur les épaules. Je l'interroge, il répond servi par une mémoire sans faille. La rencontre à Malte, en décembre 1989, de George Bush et Mikhaïl Gorbatchev, un jour de tempête mémorable et un mois après la chute du mur de Berlin. François Mitterrand (son préféré, avec Nicolas Sarkozy). La prophétic de Dom Mintoff à Helsinki en 1972 (« Il ne peut y avoir de sécurité en Europe sans sécurité en Méditerranée… »). Les premières visites officielles de Borg Olivier à Charles de Gaulle et au roi Idris de Libye. Les deux acmés de sa vie politique : l'indépendance de Malte et son ralliement à l'Europe.

Nous passons devant son bureau quand il me raccompagne. « C'est ici que j'écris. » Je sonde du regard les bibliothèques surchargées de livres. Derrière son secrétaire, deux gravures m'intriguent. Ai-je bien vu ? Je m'approche. La première représente Erasme, l'auteur du *Manuel du chevalier chrétien* et de *L'Essai sur le libre arbitre*. L'autre, je ne m'étais pas trompé, c'est Napoléon à cheval, dans les neiges de Russie, au moment où le mouvement de son expansion stellaire parmi les masses humaines commence à s'inverser. Figure cachée de l'imaginaire de l'île, dilatée dans le secret des cœurs, ou des bibliothèques. Comme il paraît loin de son printemps maltais. La boue, le froid, la mort, des villes qui brûlent, après les portes qui s'ouvraient comme par enchantement sur son premier jardin d'Orient. Douze années ont passé. Ses victoires ne cardent plus la politique européenne. Sainte-Hélène, l'autre île, la dernière, se rapproche, l'île-tombeau. « Il est toujours là, me dit Guido, derrière moi. »

Bonjour alikoum !

Les Maltais, levés tôt pour profiter des heures qui échappent à l'étreinte de la chaleur, commencent tous leur journée par un mot : *Bongu !* (Prononcez : *Bonjou*). Ce salut, qui bondit de bouche en bouche dans l'air matinal, marque l'éveil au monde après la nuit où nous disparaissons, et le salut aux autres, ceux que l'on retrouve en ouvrant les yeux, dans son lit, dans la cuisine à l'heure du breakfast, en sortant de sa maison, dans la rue, dans le bus, en arrivant à son travail. Signe de reconnaissance, de civilité ou d'amitié, empreint d'une certaine douceur, née de la lente disparition de la nuit et du pastel de l'aube, mais aussi d'une certaine résolution où s'expriment nos forces renouvelées pendant le sommeil, ce mot est l'expression du vœu que l'on forme pour son prochain : Que ta journée soit bonne, *bongu* !

Une variante. A Rabat, on dit : *Bonne journée !*

Les journées commencées par *Bonjour* se terminent par *Bonsoir*. Un mot français, encore, à la porte de la nuit. Ce bonsoir est parfois appuyé par un mot arabe : *Bonsoir alikoum ! Bonsoir à tous !* Cet *alikoum* vient à point nous rappeler que le maltais est la seule langue sémitique d'Europe. Le maltais obéit à la grammaire arabe. Il est composé d'un mélange de mots arabes (la langue sacrée des musulmans), napolitains, siciliens, anglais, avec quelques réminiscences phéniciennes.

Entre *bonjour* et *bonsoir*, un autre mot français parfois utilisé : *Tire-bouchon*. Un souvenir du *french way of life*.

« Dans les racines sémitiques les plus bassement matérialistes, il y a une étincelle spirituelle latente à faire exploser », écrivait Massignon.

Les deux piliers de l'identité maltaise : la religion et la langue.

Trouvées pendant les fouilles de la maison romaine de Mdina, des tombes musulmanes avec des inscriptions en caractères coufiques. Et si la simplicité monothéiste maltaise était aussi, comme la langue, un héritage arabe ?

La langue officielle de l'Ordre était le latin et la langue administrative l'italien (ou plutôt le toscan ou le sicilien). On parlait français entre chevaliers, et aussi chez les marchands et les armateurs du port. Et un peu espagnol, portugais et même l'allemand. Quelques chevaliers parlent maltais. Chambray, Viguier, Geouffre, Escudero… Francis Thezan rédige même une grammaire et un dictionnaire maltais, jamais publiés. Sur les rayons de leurs bibliothèques, des grammaires et des dictionnaires, hébreu, chaldéen, turc, grec, latin, arabo- ou syro-latin. Le maltais est alors considéré à tort comme une langue punique.

Le maltais, langue des paysans et des domestiques, des gens sans éducation, mais parfois déjà utilisé au XVe dans des actes notariés.

Le comte Jean-Antoine Ciantar, poète et historien, né à La Valette en 1696, est l'un des premiers à soutenir que le maltais est une langue sémitique, dérivant de l'arabe. Archéologue, il relève deux textes sur des cippes découvertes à Malte, l'un en grec, l'autre en phénicien, et les envoie à l'abbé Barthélemy, l'un de ses correspondants parisiens. Les textes des stèles maltaises jouèrent un rôle certain dans le décryptage de l'alphabet phénicien.

Sur les quais de La Valette ou de Birgu, comme dans tous les ports du Levant et de Méditerranée occidentale, la *lingua franca* permettait aux marins, aux commerçants, aux soldats, aux amiraux, aux diplomates et aux esclaves de se faire comprendre. Cervantès l'apprend dans les geôles d'Alger. (Et Molière en utilise quelques mots dans *Le Bourgeois gentilhomme*, 1669.) La *lingua franca* utilisait des mots de berbère, d'arabe, de turc, de français, de grec, de catalan, de castillan, de vénitien, de génois et de sicilien.

Il existait des convergences entre les parlers insulaires méditerranéens : le parler arabe de Chypre (communautés maronites arabophones dispersées par les Turcs), l'ancienne langue parlée de Pantelleria et le maltais.

Bonjour alikoum !

La France prend une place singulière au XVIIIe siècle. Habits français, chefs français, études et repos en France, conversations en français.

Michel Antoine Vassalli, fils de paysans né en 1764 à Zebbug (sa statue se dresse devant l'arc Rohan), est le « père » de la langue maltaise. Après n'avoir parlé que le maltais jusqu'à l'âge de dix-sept ans, il part pour Rome étudier à La Sapienza. Son rêve était l'élévation de Malte au rang de nation. Il apprend l'italien, le latin, le français et l'arabe, lit le grec, l'hébreu, l'éthiopien, le samaritain et le syriaque. Influencé par Herder (écrivain allemand, qui exaltait le génie populaire, lu par le jeune Goethe ; la statue de Herder, mort à Weimar, se dresse devant l'église de Bach) mais aussi par l'esprit jacobin (pas de nation sans langue nationale), il publie à Rome un *Alfabet malti* puis sa *Grammaire*, mettant en évidence l'autonomie de la langue maltaise qu'il rapproche de l'arabe et qu'il affranchit de ses origines présupposées puniques tout en souhaitant l'élever au rang de *langue nationale*. Pour rédiger son *Dictionnaire* maltais-latin-italien (*Ktyb il Klym malti*), il revient de Rome, où il enseigne les langues orientales, pour collecter d'anciens mots maltais ou gozitains dans les villages et dans les embryons de dictionnaires déjà existants. L'orientaliste français Sylvestre de Sacy l'aide à prendre sa place dans le concert des savants européens. Il se rapproche du *Club* (celui des patriotes maltais, gagné aux idées françaises), cherche à concilier ses ambitions patriotiques et les impératifs de l'Ordre, mais il est trop tard. Vassalli, emprisonné au fort Ricasoli, s'en échappe grâce à des complicités françaises. Il faut Bonaparte pour reconnaître ses mérites. Le jeune conquérant dit de lui que « c'est l'un des hommes les plus recommandables du pays » mais les Britanniques le condamnent à un exil perpétuel. Napoléon assigne alors à l'exilé la mission d'être le « fondateur du coton en France » (son père cultivait le coton à Zebbug). Des *instructions* pour servir aux agriculteurs des départements méridionaux de l'Empire sont publiées d'après ses conseils. Mandaté par le gouvernement, il essaie en vain d'implanter cette culture dans le Gard, dans les Bouches-du-Rhône et en Corse. Il revient dans son île natale en 1820 et termine sa vie en traduisant les *Evangiles* en maltais.

« Tu es une bougie qui ne brûle pas, un poème/ écrit en vain, tu es un mot du dictionnaire/ D'une langue que nul ne connaît, une crypte/ où nul n'est descendu, un temps vide,/ Un oiseau qui ne chante pas, tu es une fausse monnaie,/ tu es mon fils. » *Pèlerin distrait*, Oliver Friggieri, romancier et poète maltais, qui écrit en maltais, en anglais et en italien.

L'anglais reste inconnu à Malte jusqu'à l'occupation anglaise, en 1800. Le journal officiel, la *Gazzetta del Governo*, créé par l'administration britannique pour remplacer le *Journal de Malte*, est rédigé entièrement en italien jusqu'en 1816. L'usage de l'anglais devient en revanche obligatoire pour tous les fonctionnaires civils et militaires. Un ancien sergent-major, Sigismondo Savona, catapulté à la tête de l'Université, devient le général en chef d'une campagne d'anglicisation, soutenue par Lord Strickland, fils d'un officier de la *Navy* et d'une Maltaise bien née. Puis un Maltais (Casolani) conseille dans une brochure éditée à Londres de substituer l'anglais à l'italien comme « langue de culture » et d'enseigner le maltais dans les écoles « après l'avoir purgé de tout barbarisme et de tout italianisme ». Les italophiles, gagnés par la fièvre du *Risorgimento*, résistent aux assauts de la Couronne, stimulés par la présence constante, de 1850 à 1860, de nombreux républicains et unitaires italiens exilés sur l'île, dont Garibaldi lui-même, qui fondent journaux (*Corriere maltese*) et cercles libéraux ou républicains (*Libre Italie*). L'alliance entre Mussolini et Hitler permet aux Britanniques d'exclure l'italien de l'enseignement primaire et des tribunaux (1932). Après la guerre, les ténors du parti italien sont exilés par les Britanniques en Ouganda, mais les émissions de la Rai, captée sur l'île, font revivre la *lingua di Dante*. Le maltais et l'anglais sont maintenant les deux langues officielles du pays, ce qui n'empêche pas de nombreux Maltais de continuer à parler italien.

Dans cette langue maltaise que bien peu connaissent a revécu une femme à la parole prophétique, venue de loin, ancienne prêtresse du temple d'Apollon à Delphes, la Sibylle, dont la voix vagabonde a parlé par de multiples bouches. Unique au temps d'Aristophane, de Platon ou d'Héraclite, la Sibylle se multiplie et se métamorphose tout en restant insaisissable. Loin de Delphes, source éclairante du mystère de l'avenir, elle devient la Libyque, la Cumique, la Persique, l'Erythréenne, etc. Les textes écrits sous sa dictée, en hexamètres grecs, les *Livres sibyllins*, deviennent essentiels aux rituels du pouvoir romain. Virgile la fait parler et agir auprès d'Enée, puis l'Eglise l'adopte. Saint Augustin lui accorde son parrainage et l'élève au rang de prophète. La Sibylle sc faufile au Moyen Age dans les liturgies de Noël des îles méditerranéennes. (Sicile, Majorque, Sardaigne ; à la fin des années 70, pendant le Festival mondial du Théâtre, je découvre et j'enregistre le *chant de la Sibylle* quand Jack Lang invite à Nancy un chœur de polyphonie sarde.) Micheline Galley, une ethnologue collaboratrice de Germaine Tillon, a rencontré la Sibylle à Malte avant de remonter le cours de ces voyages millénaires. En 1968, Micheline Galley suit à Paris l'enseignement du professeur David Cohen et croise à La Valette le linguiste Joseph Aquilina, qui se battait pour ne pas laisser mourir sa langue. Dans les *swingin' sixties*, le maltais n'est pas *in*. C'cst alors qu'elle recueille trois cycles narratifs dont la Sibylle est l'héroïne. A Gozo, des bardes racontent la légende d'une école pour jeunes filles vierges fondée par la prêtresse. Parmi les écolières, une dénommée Marie que la Sibylle, se pensant destinée à devenir la mère du Sauveur, veut compromettre en lui organisant un rendez-vous avec Lucifer. Dans la langue des îles de Malte, la Sibylle vivait encore, à contretemps dans un âge qui était celui de mes vingt ans et qui voulait faire table rase du passé, et donc de l'avenir. *Bonsoir alikoum*…

La barque de Noé

Chaque île est une arche de Noé. Entrer dans la grotte de Dalam, c'est descendre dans la soute de l'arche maltaise. Ghar Dalam est une profonde caverne, assez large, ouverte dans le flanc de l'ancienne vallée du Wied Dalam, non loin de Marsaxlokk. Un petit musée au charme désuet situe le lieu dans le barattage du temps. Dans la salle de gauche, deux grandes peintures à l'huile, des tableaux pédagogiques. A droite, des ossements et des squelettes d'animaux, tous nains, retrouvés dans la caverne, exposés dans des boîtes en verre : un hippopotame, un jeune éléphant, un ours brun, un daim et un loup. Ils nous racontent une histoire de transhumances. A l'époque du paléolithique ancien (600 000 à 10 000 av. J.-C.), l'Europe connaît une période de glaciation. Malte, noyée sous des pluies incessantes, forme l'extrémité méridionale du continent. Une vaste péninsule unit l'Italie, la Sicile et Malte. Les animaux malades du froid, hippopotames, éléphants, cerfs rouges, suivis par leurs prédateurs, renards, ours, loups, déferlent dans ce bras ballant du continent.

Le réchauffement de la planète (déjà) entraîne vers l'an 10 000 une montée des eaux. L'archipel maltais est coupé du continent, et les animaux prisonniers, condamnés à disparaître ou à s'adapter à l'échelle de leur nouveau territoire, me confirme le paléontologue Yves Coppens, l'un des pères de Lucy, débarqué un matin de printemps sur le sol maltais pour une trop brève escale. « Les îles sont à la fois des musées et des cimetières pour la biodiversité. Mais elles peuvent être aussi le berceau de populations extraordinaires. Ne pouvant proposer qu'une surface réduite, une alimentation plus pauvre, des écosystèmes plus modestes, une prédation plus restreinte, un phénomène bizarre mais "confortable" affecte parfois certains groupes d'êtres vivants, comme s'il leur était proposé, dans leur croissance, de se comporter à leur guise ! Ils s'emparent de ce que l'on appelle un "idéal énergétique". Certains, des rongeurs, des insectivores, des oiseaux, en profitent pour devenir plus gros et d'autres au contraire pour se faire tout petits. C'est ce qui s'est passé ici à Malte, où l'on trouve des girafes et des éléphants fossiles, tous nains (comme à Syracuse), mais aussi en Corse (le cerf fossile), à Chypre (l'hippopotame de Chypre avait la taille d'un cochon), ou encore en Sardaigne (le cochon avait la taille d'un petit chien). Le phénomène peut être le même pour les hommes, explique encore Yves Coppens. L'homme fossile de l'île indonésienne de Florès mesurait un mètre de haut et avait un cerveau de 400 centimètres cubes, mais il était capable de développer l'outillage et de maîtriser le feu. »

Après le musée, un escalier de pierre descend vers la caverne, à travers un jardin botanique, entre des cultures en terrasses, bordées de murs et de figuiers de Barbarie. Sur l'horizon, vers le sud, la dentelle bleue des grues de Free Port. En face, sur l'autre versant de la vallée, deux tours médiévales. Au fond du gué, quelques ruines romaines. Etonnante focalisation : unité de lieu et surimpression de séquences. Les civilisations passent, l'homme demeure, à condition de se soumettre, lui aussi, à d'intransigeantes métamorphoses.

Dans l'obscurité de Ghar Dalam ont vécu les premiers Maltais (vers 5 000 av. J.-C.). Ils étaient venus de Sicile avec leurs objets en céramique et vivaient de l'agriculture. A l'entrée de la grotte, éclairée par le soleil du matin, bourdonnent des nuages de guêpes. Un chemin s'enfonce dans ce boyau géant qui avala et digéra les cadavres d'animaux charriés par l'ancienne rivière, pétrifiés dans des coulées de fientes sableuses. Un chemin de planches domine maintenant les coupes faites dans ces entrailles de l'Histoire. Des carottes stratigraphiques dessinent d'énormes phallus qui s'accordent aux fanons des roches. Je suis Jonas dans le ventre de la baleine. Mille ans ou deux mille ans après Ghar Dalam viendra le temps des temples traversés par les soleils des solstices, des Vénus sans tête, des fresques spiralées et des pierres à nids d'abeille.

⋆

Pour les nains, il n'y a pas que les îles. Morand parle (dans *Paris-Tombouctou*) des hippopotames nains du Libéria. Il dit même qu'il avait voulu un jour acheter un hippopotame (pas forcément nain) à Valery Larbaud, mais on lui en avait demandé dix mille francs. Trop cher.

★

Les signes de la présence à Malte de nombreux trotteurs français seront-ils une énigme pour les savants du futur ? Le cheval est l'une des passions maltaises (avec les feux d'artifice, la musique des bandas, la chasse et le lapin cuisiné à l'ail). Attelés à des sulkies, les chevaux trottent sur toutes les routes et les by-pass, de préférence le matin, avant les mouches, au milieu des vapeurs d'essence, ou le soir, après le déclin du soleil. J'en dépasse tous les jours sur la route de Zebbug à Marsa. J'en rencontre parfois sur les hauteurs de Ghar Lapsi, deux attelages, toujours les mêmes, allant de conserve, les drivers devisant d'un sulky à l'autre, et escortés par leurs chiens courant. D'autres drivers s'affrontent parfois sur une portion de macadam, roue contre roue. Leurs duels bloquent la circulation. Certains équipages semblent sortis d'un tableau de Jérôme Bosch. J'ai vu un poney nain qui avait la taille d'une baudruche et une crinière de grosse laine jaune, tirer en pleine côte un sulky où deux énormes Maltais se serraient l'un contre l'autre, en équilibre sur leur fragile monospace, tout en dévorant des sandwichs. A la sortie de chaque bourg, en sous-sol de maisons modernes, des garages sont reconvertis en écurie. Les chevaux passent leurs journées et leurs nuits dans ces ergastules. La plupart viennent de Normandie (les autres de Suède). Retraités des champs de course à dix ans, vendus pour cinquante mille euros l'unité à des amateurs maltais, une centaine d'exilés débarquent chaque année sur l'île où seules les cactées ne souffrent pas des ardeurs de l'été. Ils ne connaissent plus ni la fraîcheur, ni les prés, mais vivent ici une deuxième vie, et continuent de courir sur l'hippodrome de Marsa.

A Marsa, des courses sont organisées chaque vendredi soir et tous les dimanches. Le samedi est réservé au polo (Marsa abrite le plus vieux club de polo d'Europe, créé en 1868 par des officiers anglais qui revenaient des Indes). En bordure de piste, le *clubhouse*. Ambiance de pub cockney et de fête foraine. De solides Maltais dévorent des steaks de bœuf argentin. Les teenagers (filles tatouées, piercings) boivent de la bière. Dans les tribunes, une majorité d'hommes perdent leur voix pour encourager celui sur lequel ils ont parié. Cris et vociférations ne couvrent pas la musique crachée par les haut-parleurs. Le cheval à Malte est une passion populaire (en juin, le jour de la fête de Saint-Pierre-Saint-Paul, des trotteurs attelés s'affrontent sur la route Rabat-Zebbug devant des foules immenses). Deux mille Maltais sont propriétaires. Certains exercent deux métiers pour assouvir leur amour du cheval. Et chaque année, des avions d'Air Malta partent pour Paris le jour du prix d'Amérique. Aujourd'hui (18 décembre 2010), c'est la journée des *French trotteurs*, organisée en partenariat avec la Société du cheval français. Le trophée du prix de Vincennes va à un éleveur de Rabat, Micallef, un homme trapu, qui porte un pull-over en laine marron. Le vainqueur, énervé par la foule, renâcle et menace de ruer dans ses brancards. Le propriétaire me confie les rênes en précisant qu'il a acheté ce champion à un éleveur rémois. Je lui parle en français de sa Champagne natale, le cheval se calme.

*

Le cochon de Gaza est le titre d'un film français de Sylvain Estibal, avec Sasson Gabai, (magnifique acteur israélien qui joue dans *La visite de la fanfare*). Estibal tourne la plupart des séquences dans un village de Saint Paul's Bay. Ce matin-là, ce hameau du bord de mer ressemble vraiment à un village palestinien ou égyptien (entre Le Caire et Alexandrie). Quelque part en Méditerranée, dans un écart du monde, abandonné : Gaza. Petites maisons basses, blanches, serrées autour d'un chemin de terre, quelques treilles, une ou deux échoppes, la mer comme un lac. En partant j'aperçois quatre grands oiseaux (grues ou cygnes ?) qui planent lentement au-dessus de la baie. Les cochons n'existent pas seulement dans les films. Impossible de les ignorer. Chaque soir, les fermiers ouvrent les portes de leurs porcheries. Une puissante odeur de ferme submerge alors les jardins d'orangers. Les Maltais prétendent qu'ils sont les derniers à élever une des plus anciennes races de cochon britannique, celle qui fournirait les meilleurs filets de lard maigre pour le bacon du petit déjeuner.

*

Les ânes, jadis innombrables, utilisés pour le trait ou la noria des puits, ont disparu, et les vaches sont rares. Croisé un seul troupeau paissant en plein vent sur une falaise à Gozo. Instantané rétrospectif de l'île au XVIIe. Pensé aux paysages de Claude Gellée. Pratiquement plus de moutons ni de chèvres. Censu Schembri est l'un des cinq derniers bergers maltais. Il promène son troupeau tous les jours entre Siggiewi et Ghar Lapsi, sur la route de Hager Qim et de Mnajdra. Je le croise parfois en rentrant de Ghar Lapsi. Ses chèvres, plus d'une centaine, sveltes, fauves ou blanches, portant campane et colliers de couleur, ironiquement juchées sur des murets de pierre, ou bondissant dans les ravins, mettent de la fantaisie dans le décor minéral de la côte. Je n'ai jamais eu le temps de l'aborder, mais le *Times* publie un portrait de lui, au lendemain de Noël. Le berger explique qu'il connaît « toutes ses chèvres, les reconnaît au premier coup d'œil et que marcher avec ses bêtes dans une nature paisible suffit à faire de lui un homme heureux ».

★

Promenade au crépuscule, entre Zebbug et Rabat, sur la petite route des lacs (qui n'existent que quelques jours par an), dans un chemin creux bordé par le lit sec d'un oued, entre de vieux murs fissurés par les câpriers et les fenouils sauvages. Des coups de feu claquent. L'écho rebondit entre les collines. Quelques minutes plus tard, sur le bord du chemin, apparaît une tourterelle brune et mordorée, claudicante, traversée de part en part par une balle. Je vois entre ses plumes le trou par où est sortie la balle.

Le ciel de Malte est vide. J'ai toujours marché en regardant en l'air et j'ai la tête farcie de souvenirs d'oiseaux. Milans royaux de Lorraine. Dans l'air glacé de l'hiver, leur vol paraissait toujours les placer au centre de l'univers. Colverts parisiens que je regardais de ma fenêtre. Partis des bassins du musée Rodin, ils descendaient à la verticale de la rue de Bourgogne avant de virer en piquant dans la Seine. Hirondelles de Commercy, venues avec les brises printanières, ou d'Alexandrie, tombées des nuages sur le rivage, comme des météores à plumes, exténuées par leur route à travers les tempêtes d'automne. Pas d'hirondelles à Malte. Ou très peu. Pas d'oiseaux, en général, seulement quelques pigeons logés dans les clochers des églises et des centaines de bergeronnettes (*white wagtails*) dans les ficus qui ombragent les places. Plutôt qu'une passion, la chasse est un vice dans ce pays où les animaux sont rares. Les chevaliers étaient déjà obligés d'importer leurs daims d'Alsace pour se distraire. Les seules cibles aujourd'hui sont les oiseaux. Les Maltais chassent les migrateurs (canards, faucons, puffins cendrés dont les plumes sont utilisés par les pêcheurs, etc.) à pied, au chien, en 4 × 4, en canot (entre Malte et Gozo), avec des appelants enfermés dans des cages, ou des pièges divers (Malte fut le pays des miroirs aux alouettes), installés sur des piquets en fer, tout le long du rivage, et récemment interdits. Aucun homme politique n'ose intervenir. Les chasseurs logent dans tous les camps.

⋆

Je n'ai jamais craint le surmenage des passions, mais la chasse s'est toujours tenue à l'écart de moi. Personne ne chassait plus dans ma famille – mon grand-père s'était vu confisquer son fusil par un pseudo-comité d'épuration à la Libération – et je n'ai jamais eu le goût des armes, même si j'ai été conduit à m'entraîner dans différents clubs de tir de la Police nationale avec des commissaires en pull-over, jeans et santiags, qui ressemblaient à des acteurs de séries télévisées. Il n'y a que le roman vénitien d'Hemingway (*Au-delà du fleuve et sous les arbres*) qui aurait pu me donner des regrets. J'ai passé l'âge du colonel. Chateaubriand jeune adolescent porta « le goût de la chasse jusqu'à la fureur. Je vois encore, écrivait-il, le champ où j'ai tué mon premier lièvre. Il m'est arrivé souvent en automne de demeurer quatre ou cinq heures dans l'eau jusqu'à la ceinture, pour attendre au bord d'un étang des canards sauvages ». Il y a de cette fureur (et une affirmation délirante de souveraineté individuelle) dans la conduite des chasseurs maltais.

⋆

La guerre ne cesse jamais entre la *Bird Life Malta* et les plus radicaux des chasseurs. Les journaux publient de nombreuses lettres de Maltais révoltés par ces tirs d'espèces souvent protégées. Aujourd'hui, sous le titre, *Un dimanche très triste*, un lecteur raconte comment il a ramassé un passereau blessé à son arrivée en vue des falaises de Dingli, épuisé. Il a photographié la victime avec son aile cassée par la balle et précise : « J'en ai vu des centaines se faire tirer dessus en arrivant… » Il n'est pas rare de trouver dans la presse des doubles pages centrales de photos d'oiseaux migrateurs prises pendant leurs escales maltaises. Grèbes, bergeronnettes jaunes, échasses blanches (*black-winged stifts*), surprises en vol au-dessus de la baie de Gnejna, nuages d'étourneaux rabattus sur l'île par une tempête, huppes coiffées d'une aigrette tigrée, shootées au télescope.

Les oiseaux truffés de plomb ne sont pas du goût de tous les Maltais. Certains plantent des pins d'Alep pour leur offrir des abris (que des imbéciles s'empressent de couper). D'autres élèvent des pigeons voyageurs, qu'ils font voler entre Malte et la Sicile, comme le grand maître communiquait autrefois avec Palerme ou Naples. Ils les lâchent de leurs boîtes à chaussures sur les falaises de Ghajn Tuffieha et les regardent s'orienter en tournant au-dessus de leurs têtes. Tous les jours, quand je rentre à Zebbug, je passe devant une cage accrochée à une façade. L'oiseau, aux plumes grises et jaunes, siffle à chaque passage, piéton et voiture. Un trafic de canaris existe entre la Libye et Malte. Plusieurs Libyens se sont déjà fait arrêter à l'aéroport avec des valises pleines de canaris assommés de calmants. Ces clandestins ne chanteront plus jamais.

*

Le bichon maltais, chien petit format, avec des longs poils blancs et soyeux, est la star des animaux de l'archipel et le chien des stars. « *Bichons maltais*, compagnons des matrones romaines, anciens cavaliers King Charles, petits chiens lions ou terriers maltais », écrit Andrew O'Hagan, l'auteur du justement célèbre *Vies et opinions de Maf le chien et de son amie Marilyn Monroe*. C'est l'une des races de chien les plus anciennes et les plus répandues au monde. Les Phéniciens, qui l'importaient peut-être d'Egypte, en faisaient le commerce.

Marilyn Monroe, comme Marie-Antoinette, possédait un bichon maltais, qu'elle avait nommé *Mafia*, qui lui avait été offert par Sinatra. *Mafia Honey*, dit *Maf*, pour être précis. « Sicile bichon, *Mafia honey* », comme l'explicite Marilyn qui avait le sens des raccourcis et se souvenait que Malte s'appelait autrefois Melita (« pays du miel »). *Maf* fut sans doute son meilleur compagnon. *Vies et opinions de Maf le chien* racontent leurs mémoires communes.

Cela me rappelle un dîner chez Marius et Jeannette avec Johnny Hallyday. Le chanteur arrivait de Saint-Tropez en survêtement bleu ciel et avait installé son bichon maltais (nouveau venu dans son entourage) à côté de lui, sur la banquette. Soirée très agréable, même si nous avions un peu forcé sur le vin blanc et si Johnny avait exigé que je me prête à un concours de bras de fer devant les clients médusés. Quelques instants après son départ, j'avais vu Johnny revenir en courant : « J'ai oublié le bichon maltais sous la banquette ! »

Umberto di Capua (ambassadeur de l'Ordre) me dit qu'il possède lui-même un bichon maltais, très célèbre via Condotti. Chaque fois qu'il rencontre le grand maître, ce dernier lui dit : « Embrassez bien votre femme et Tiffanie. » Tiffanie est le nom du chien.

⋆

Déjeuner sur la terrasse à Zebbug avec Teresa Cremisi. Elle parle du quartier maltais d'Alexandrie. Un gros caméléon sort d'un buisson de papyrus, s'en détache comme une feuille. Encore vert papyrus, avec de plus en plus de reflets miellés, il avance sur le balustre dans son armure de peau trempée dans la forge du temps, décollant chaque patte de la pierre avec lenteur. Il s'arrête devant Teresa et la fixe de son œil télescopique : c'est sa première Alexandrine. Plusieurs caméléons vivent sous les orangers de la maison. Présence mystérieuse, tellement habile à s'effacer. Le caméléon a été introduit à Malte au XIXe par un jésuite qui en relâcha quelques exemplaires à St. Julian's Garden. Certains Maltais conseillent d'enfermer des caméléons dans des cages pour qu'ils mangent les moustiques. Dans plusieurs jardins se promènent des lézards à queue bifide. Partout des escargots (parfois d'étonnantes variétés). On en trouve même toute l'année en vente chez Pavi, le grand supermarché de Qormi, stockés dans des filets.

Chaque fois que je traverse la galerie du premier étage du palais des Grands Maîtres, je pousse la porte de la chambre du Conseil, souvent maintenue dans la pénombre pour préserver des tapisseries des Gobelins, dites *Tentures des Indes*, qui représentent des animaux exotiques et quelques Indiens. Jean Maurice de Nassau-Siegen, un temps gouverneur du Brésil, avait rapporté d'Amérique du Sud une collection de tableaux. Il en avait offert une série à Louis XIV qui en tira des cartons pour les faire tisser aux Gobelins. Le grand maître Perellos choisit la série des *Animaux des Indes* pour décorer son palais. C'est ainsi qu'un éléphant, un cheval blanc, un tigre, un lama, des crocodiles, un zébu, des singes, sont montés, il y a trois siècles, sur la barque maltaise.

Quelques espèces de serpents venimeux (toujours sans danger pour l'homme) sont arrivées à Malte depuis le naufrage de saint Paul, dans des cargaisons de bois pendant la Première Guerre mondiale, notamment le serpent chat (*cat-snake*), reconnaissable à sa pupille verticale (comme celle des chats).

Dans les eaux qui entourent l'archipel, des baleines blanches, des cachalots, des tortues (une tortue a été observée en juillet 1960, sortant de l'eau sur la plage de Ghajn Tuffieha pour y pondre une centaine d'œufs), des poulpes géants, parfois quelques requins (près de Filfla) et bien sûr des dauphins. Les dauphins sont moins nombreux en Méditerranée, mais les portes de La Valette portent toujours en heurtoir un dauphin de cuivre ou de bronze.

« Du sommet de l'observatoire qui domine le palais du Grand Maître – vue d'ensemble des villes, des ports et campagnes de Malte ; campagnes nues, sans forme, sans couleurs, arides comme le désert ; ville semblable à une écaille de *tortue* échouée sur le rocher. » 25 juillet 1832, Lamartine.

⋆

Le faucon maltais est celui que les chevaliers avaient pour obligation de donner, chaque année, pour la Toussaint, au vice-roi de Sicile en seule contrepartie du don que Charles Quint leur avait fait de l'archipel. Cette obligation a toujours été honorée. L'Ordre a pris aussi l'habitude d'envoyer des faucons au roi de France. Un chevalier accompagnait les oiseaux jusqu'à Versailles, emportant avec lui des caisses d'oranges, de citrons, de grenades, ainsi que des dames-jeannes de fleur d'oranger, pour la Dauphine ou pour la Reine. La charte stipulant l'offrande du fameux faucon, signée le 24 mars 1530, se trouve à la Bibliothèque municipale de La Valette. Le reste est littérature (Dashiell Hammet) ou cinéma (John Huston).

Dans l'œil du luzzu

Des pluies tropicales balaient l'île d'ouest en est, inhabituelles en cette fin septembre. Chargées de sable, elles passent les carrosseries des voitures à la feuille d'or et transforment les rues en oueds. Les influences atlantiques en Méditerranée, et les effets pervers du réchauffement de la planète, sans doute. La semaine dernière, d'une haute terrasse de La Valette, j'ai vu quelques colonnes d'eau tourbillonnantes monter de la mer en s'évasant vers le ciel et se déplacer le long du rivage. Le weekend ouvre une fenêtre bleue. Les avions de la Patrouille de France sont invités à parapher le ciel maltais.

Au début du printemps arabe, deux pilotes libyens refusent de tirer sur les manifestants et viennent poser leurs Mirage sans prévenir sur l'aéroport de Luqa. A l'isolement dans une caserne maltaise (crainte des représailles), je leur fais porter une lettre qui évoque Romain Gary et des pilotes déserteurs de vingt ans devenus Français libres en juin 40. J'aurais pu leur parler aussi de François Gauthier, consul général de France à Malte, qui a envoyé sa démission à Vichy après l'invasion de la zone libre, et de l'équipage du sous-marin le *Narval*, qui a rallié la France libre à Malte dès le 26 juin 1940.

Les trois couleurs des alphajets s'allongent sur l'air humide avant de se déchirer et d'être effacées par le vent. Les traces m'ont toujours sidéré. Enfant, après les pluies sur les labours, je guette l'éclat blanc du silex qui remontera avec la marée de la terre. Simple pointe de flèche ou plus rarement hache biface. Je rampe dans les grottes sépulcrales de la vallée du Petit Morin. Mes mains hésitantes interrogent les parois humides. Je creuse l'humus, en lisière des forêts qui calottent les vignes, je touche les fondations d'un oppidum englouti. J'ai *La Guerre des Gaules* dans mon sac. Je saute d'une case à l'autre de l'aventure humaine. C'est l'été, je sonde les entrailles d'une plaine de roseaux et de boue (Saint-Gond) où s'étaient affrontées les troupes de Foch et de Bülow, en septembre 14. J'ai commencé par chercher ma place au milieu des ombres.

Ce n'est plus ma place que je cherche – mes errances m'ont jeté vers les autres et désintéressé de moi-même, mais des preuves de la survie de mon pays. Après la mort de mon père, je reviens dessillé dans mon village, qui paraissait toujours sommeiller sous une nappe de douceur, loin du bruit du monde, même si la casse du temps et de la mondialisation, en moins de quinze ans, avait durci son visage. Sous la métamorphose, j'entends battre le pouls d'une continuité. Mon village, mes parents : premières stations d'un musée sentimental de la France. A chacun le sien.

Le musée n'est pas celui d'un terroir, mais d'une audace. Avec des fenêtres ouvertes de front sur la terre entière. Encore enfant, c'est allongé dans un rayon de vignes que j'étais entré en relation avec des horizons lointains.

Le pays natal est un don, une clef d'or pour l'univers, pas une prison. Dans le rectangle bleu de la Méditerranée, une histoire s'anime, les traces vivent. Capitulaires de François Ier ; lettres de créance de Louis XIV et Nicolas Fouquet au consul de France à Beyrouth, le cheikh el Khazzen. L'inventaire révèle d'étonnants actes fiduciaires : l'auberge de France à Rhodes ou encore les quatre domaines français de Jérusalem, l'église Sainte-Anne, près de la porte des Lions, le monastère de l'Eleonora, au sommet du mont des Oliviers, le tombeau des Rois, et le monastère d'Abou Gosh, une ancienne commanderie de l'Ordre. Autour de ces propriétés, qui semblent l'antichambre de l'éternité : les murailles écroulées de royaumes francs, des souvenirs oubliés (Rome et Alger ont été des préfectures), et quelques empreintes (celles des vignerons, des soyeux, des armateurs…) sur les paysages et les usages des anciennes échelles de Barbarie et du Levant. Sans parler de l'invisible, cette chaîne de miséricorde qui relie Saint-Louis (et saint François) aux moines de Tiberine et cette passion qui rassemble sous le manteau de la connaissance les aruspices du passé, professeurs, archéologues et les aventuriers du mystère, déchiffreurs du Coran et des rouleaux de la mer Morte.

L'ancien royaume des juristes et des rois bâtisseurs – les villes, les forêts et les vignes de l'origine, l'espace sanctifié de cette première *île* de France, le triangle Bouvines-Paris Le Louvre-Reims –, n'a cessé de se construire et de s'accroître en acceptant l'offrande des marges, des pays frontières, des étrangers et des alliances lointaines. Il a fallu plusieurs siècles, quelques variations et métamorphoses, pour inscrire la France de façon raisonnable dans l'hexagone. Cet hexagone n'est pas une peau de chagrin (ni le premier stade du déclinisme), car la France est vite devenue plus qu'un territoire.

Les Français aiment se fustiger ou, c'est la même chose, sacrifier à une caricature vulgaire et provinciale d'eux-mêmes. Romantisme, internationalisme, haine de soi, et toujours cette défaite de 40 qui ne passe pas. Pour ma part, j'ai fait mienne cette phrase d'Albert Camus : « Il est bon qu'une nation soit assez forte de tradition et d'honneur pour trouver le courage de dénoncer ses erreurs. Mais elle ne doit pas oublier les raisons qu'elle a de s'estimer elle-même. »

J'ai tenté de rappeler aux Maltais (qui l'avaient oublié, à quelques exceptions près)[1] que Malte avait participé à ces rêveries françaises et en avait même été l'un des axes. La majorité des chevaliers avaient été français, comme la plupart des grands maîtres importants (L'Isle-Adam, le Résurrecteur ; La Valette, le Résistant ; Rohan le Réformateur), mais le passage des siècles et de nos amis anglais en avaient effacé les traces. Seule la toponymie préserve la mémoire de cet ancien temps où Malte se nommait La Malthe, Comino, l'île du Cumin et Gozo, le Goze (mot d'origine phénicienne désignant un bateau

1. Marie Benoit, qui avait lu Malraux et Maurois. Charles Xuereb, journaliste, historien, soucieux d'écrire l'histoire du passage de Bonaparte à Malte. Carmen Depasquale qui faisait vivre Laclos et Diderot à l'université. Alfred Ganado, un collectionneur venu à l'érudition par la passion des cartes et des gravures. Salvino Busutill qui avait transmis à son fils ce qu'il savait de notre pays…

rond). Sur la cabale des cartes routières, les villes et les villages portent des noms où s'est déposée la mémoire du passé. Pour Valletta, bien sûr, l'évidence parle d'elle-même. Mais pour les autres, c'est plus flou. Verdala : l'actuel palais d'été du président, c'était pourtant la maison de campagne d'Hugues de Loubenx de Verdalle, un gascon moustachu, discrètement passionné, aussi prompt à parler qu'à agir, qui participa à la défense de l'île contre les troupes ottomanes, devenu grand maître en 1582. Le nom de Senglea (l'une des Trois Cités) rappelle la vie de Claude de la Sengle, un homme indépendant et discipliné, grand maître entre 1553 et 1557. Sur la pointe Dragut, un fort porte encore le nom de Tigné, chevalier français qui renforça la défense de l'île sous Rohan. Son nom est désormais associé aux constructions qui défigurent l'entrée dans la crique de Sliema. Le fort Chambray, à Gozo, évoque Jean-François de Chambray, né à Evreux, arrivé à Malte comme page à l'âge de treize ans, blessé devant Oran à vingt et un ans, nommé gouverneur de Gozo en 1756. A Attard, le grand maître Antoine de Paul (1623-1636) s'était fait construire un palais de campagne, San Anton.

C'est aujourd'hui le palais présidentiel. J'ai même fini par trouver un quartier de Santa Venera qui s'appelle Fleur-de-lys. Cette fleur de lys surmontait la porte à trois arches de l'aqueduc de Wignacourt (Alof de Wignacourt, encore un grand maître français, 1601-1622). Il avait fait construire un aqueduc qui amenait l'eau de Ghajn Tuffieha à La Valette. Ces noms se sont détachés de leur vie, mais dos à l'oubli, nous parlent encore.

*

Je longe chaque jour Grand Harbour et surveille le mouvement des bateaux sur une mer à peine crêpée par la brise. Des cargos maltais à coque rouge tirent sur leur ancre. Près des bâtiments de l'ancienne douane, un hydroglisseur attend de partir pour la Sicile. Pour Gozo, l'embarquement à bord du ferry se fait en bas de Floriana, de l'autre côté du mont Sciberras, à partir d'un quai appelé *Sa Maison*. La maison en question appartenait à Camille de Rohan, cousin du grand maître, qui y recevait ses amis des loges maçonniques maltaises. Des restaurants, logés dans d'anciens docks à huile ou à vin, allongent leurs terrasses à fleur d'eau. Plus loin j'aperçois le navire d'Alcatel avec ses bobines géantes de câbles, puis les monstres blancs des croisières qui ressemblent à peine à des bateaux et accaparent le Pinto Wharf. De longues marches ouvrent le quai et descendent dans la mer. Par cet escalier débarquaient les cavaliers. Un luzzu bleu de pêcheur quitte le port. Des *dghajsas* vont et viennent. Avec leur œil peint, toujours ouvert, le même que celui des luzzu, leur profil de gondole, elles replacent Malte sur la carte du temps et des symboles, entre la Phénicie et Venise. Une barque fend le miroir de la darse, des rameurs qui s'entraînent en vue de la régate du 8 septembre, fête de Notre-Dame des Victoires. Une activité débonnaire, comparée à celle du Free Port à Marsaxlokk qui reçoit les plus gros porte-conteneurs du monde. Les cuirasses grises des bâtiments militaires (européens et américains) rompent la routine du port. Aux premiers jours de la crise libyenne, bousculade de frégates et de destroyers autour du Pinto Wharf. Fils des vignes, des bois, des livres, me voici rompu aux usages des coupées, des échappées et des passerelles. En mer, à bord de la *Meuse*, entre Limassol et Beyrouth, j'ai même été nommé quartier-maître d'honneur.

Pendant trois siècles, les jeunes gens de la Religion font leurs classes à Malte. Ce qu'ils appelaient : leur *caravane*. La formation durait trois ans. C'est seulement la caravane achevée que le chevalier fait profession. Drill sévère, plus exigeant à bord qu'à terre. Ils commençaient par être jetés à l'eau. Première obligation : savoir nager. Les caravanistes n'ont pas le droit de se débotter, même la nuit, ils dorment à leur poste, sur le dur, dans leur manteau, se familiarisent avec les vents, les sabirs des ports, les courants, le maniement des galères, puis des vaisseaux, la technique de l'abordage, ils se battent, ils sont faits prisonniers, deviennent galériens ou esclaves, se tannent le cuir, s'évadent ou sont rachetés.

Malte était devenue notre école navale. Ecole française, à vocation internationale, qui forme des Napolitains, des Génois, fait profiter de son expertise quelques marines européennes (Catherine II fait appel à un bailli de Malte pour sa flotte). Les marins formés à Malte se mettent ensuite au service de la Royale. Il faut que l'Ordre quitte Malte et que son déclin militaire se confirme pour que l'Ecole navale de

Brest soit créée, par Louis-Philippe en 1830. Plusieurs grands marins français ont pris la mesure de la mer depuis son nombril maltais. Parmi eux : le chevalier Paul, Tourville, et Suffren.

★

Trois vignettes : le Bâtard, le Normand, le Provençal.

Paul, éminence d'un ordre où la naissance était tout, n'était que le fils d'une blanchisseuse du port de Marseille, né en mer (en 1598), sur la barque qui ramenait sa mère (avec sa lessive) du château d'If. Adolescent, il embarque sur un bateau. Passager clandestin. Découvert, il sert comme mousse, retourne à terre, se bat en tant que soldat de l'Ordre. La fraternité des Provençaux (Antoine de Paul et Jean-Paul de Lascaris) accompagne son ascension. Dans l'abordage d'un navire turc, il sauve une jeune femme, Angèle de la Vieuville, et l'emmène avec lui. Les officiers de la Porte, qui venaient de tuer son mari, la destinaient au Sultan. Le chevalier Paul revient à Malte, en route pour Candie (la Crète) comme lieutenant du grand amiral de France. Il meurt à Toulon, qui est le cimetière des éléphants de la marine.

Anne Hilarion de Tourville (1642-1701) est le troisième cadet d'une famille de vieille noblesse de la presqu'île du Cotentin. L'Ordre est une providence pour ces cadets seulement riches de leurs noms. Anne Hilarion est reçu avec dispense d'âge, à cinq ans. En 1660, le chevalier de minorité confirme ses vœux à Malte où il vient pour faire ses caravanes. Lancé dans la course méditerranéenne, il embarque sur une frégate de trente-six canons. Le Normand sonde la mer Intérieure, la met en fiches et en cartes, multiplie les relevés hydrographiques. Il prend et il apprend, le maniement des hommes, des bateaux, les vents, les étoiles, les passes et les atterrages, la vitesse et la ruse, l'art de la guerre, les secrets de la mer, ses imprévus, et la natation, comme tous les chevaliers (il survivra à trois naufrages). Quelques saisons ont suffi, l'homme de la Manche est devenu un Méditerranéen. Ses rêves s'accordent à ceux de son jeune roi (Louis XIV et Tourville ont presque le même âge), soucieux d'afficher sa puissance sur mer comme sur terre. Il est engagé dans plusieurs campagnes en Méditerranée, reprend sa carrière de corsaire. Louis fait de lui son vice-amiral du Levant. Tourville fait honneur à son bâton. Il intercepte un nouveau convoi au large du Portugal. Bataille de Lagos. La prise de ce nouveau convoi dit de Smyrne assèche les caisses anglaises (36 millions de livres sterling), c'est la plus grosse opération corsaire du règne de Louis XIV. L'ancien chevalier de minorité venu à Malte apprendre son métier met un point final à ses exploits par une gigantesque opération de caprerie. Il commande maintenant à la plus puissante armada jamais alignée par un roi de France. Encore un tour d'honneur à Marly, encore une danse avec la princesse de Bourgogne et puis s'en va. Le 30 mai 1701, il est inhumé sous une dalle de Saint-Eustache, comme ses frères de Malte sous les dalles de Saint-Jean, à La Valette.

Pierre André de Suffren de Saint-Tropez (1726-1788) fut l'atout maître de la marine, celui qui a manqué à Napoléon. « J'en aurais fait mon Nelson », regrette l'Empereur à Sainte-Hélène. Encore un Provençal, pauvre en quartiers de noblesse, mais reçu dans l'Ordre à l'âge de trois mois. Baptême du feu à quatorze ans, au cap Sicié, près de Toulon. Passe sa vie entre la Royale et la Religion. Aime manœuvrer au plus près. Abordages, assauts, coups de main. Il se bat aux Antilles, à Grenade, pendant la guerre d'Amérique. Revient à Malte dont le climat et les manières lui conviennent. Repart pour les Indes, fait des prodiges dans l'océan Indien. Il est loin, mais n'oublie jamais Malte. Il envoie au grand maître quelques Hindous experts en coton. Emmanuel de Rohan le nomme ambassadeur de l'Ordre à Paris et lui expédie une caisse d'oranges, cadeau royal à cette époque, en s'excusant : « Mon cher Bailli, j'aurais voulu que mes oranges fussent aussi grosses que des citrouilles, pour vous complaire. » Se comporte dans les salons et à l'état-major comme s'il était sur son bateau. Il conquiert ses galons au sabre. Reste plus près de ses hommes que de ses chefs. C'est un solitaire, un homme trop lourd, trop débraillé, trop insolent, trop courageux. Il déborde. Trop d'accent (celui de la place des Lices), trop d'amour pour son chien, Gozon. Il dérange. Homosexuel, de surcroît. Sa grosse réputation le prive du commandement de la Compagnie des gardes de marine de Toulon qu'il ambitionnait. L'amiral de Castries lui refuse le bâton de maréchal de France, mais la France l'aime. Il est applaudi sur les routes de Provence, acclamé à Paris, à l'opéra ou au théâtre, c'est une star. Il meurt dans les bras de son valet de chambre, à soixante ans, est inhumé au Temple à Paris, en 1788. Sa tombe est profanée cinq ans plus tard.

★

Profanation, effacement, oubli. A vingt ans, je ne regarde que l'avenir. A trente, je reconstruis, déjà. C'est à partir de ce moment-là que j'ai recommencé à m'abandonner à ce courant qui m'entraîne vers sa source. Je cherche Barrès à Vaudémont puis à Venise. J'écoute Jünger chez lui, à Wilflingen, évoquer l'inaltérable jeunesse de Goethe. Par la fenêtre de son bureau, je vois la neige blanchir les toits du château et les sapins du parc des comtes Stauffenberg, plus proches voisins de l'écrivain. Je me déguise en piéton de Paris pour suivre Aragon dans la rue. C'est le printemps, Aragon porte un panama, des vêtements clairs, il parle tout seul. Je comprends qu'il croit vivre au temps de Baudelaire. Je passe les frontières à l'intérieur de notre vieux continent. Je lis Döblin, Joseph Roth, Arthur Schnitzler. Je parle d'eux avec Manès Sperber et Heinrich Maria Ledig-Rowohlt. Milan Kundera, dans un petit restaurant vietnamien de la rue Littré, m'apprend que Husserl a donné à Vienne et à Prague, en 1935, des conférences où il posait la question de la survie de l'humanité européenne.

Gyrovague, je frappe au portail des sanctuaires. Reims, Domrémy, Vézelay, Notre-Dame. Un cardinal républicain et juif, Jean-Marie Aaron Lustiger m'ouvre les portes d'une autre disparition. Une part essentielle du mystère d'Israël, dit-il, a été escamotée par l'Eglise de Byzance et fait des chrétiens des hommes à la mémoire chancelante. Je pèlerine autour de la Méditerranée, d'une porte à l'autre de la mer où navigua Ulysse. Je me rêve en Pausanias. Louis Massignon énonce avec Claudel la question de l'énigme sémitique. Ils sont les seuls, « dans toute la littérature occidentale du XXe siècle, à poser avec autant de netteté la question sémitique : à faire que l'énigme sémitique ne soit plus refoulée, mais assumée, que les synthèses académiques, où Rome, Athènes et Jérusalem forment une inoffensive trilogie, où Rome sert d'asile aux bien-pensants, cèdent devant ce que le monde a en horreur : le choix sémitique de Dieu. Ou cela, ou la guerre. Massignon, qui sait ce qu'est la guerre, ne veut pas la guerre. Il nous montre la voie de la fraternité » (Christian Jambet).

Je cherche les épiphanies de mon pays. Une part de moi vit dans un grand livre dont les pages sont déjà presque toutes effacées. Pendant ce temps-là, une autre court sur le bitume de mon époque. Je m'enferme, j'écris, je demande au coureur de Marathon de m'enseigner la patience des longues courses, je sors de mon trou, je replonge, je me nourris de ces allers et retours, hier et aujourd'hui, ma solitude et le monde, souvent *ailleurs* au fond. Je recopie des noms sur les tombes des cimetières juifs d'Alexandrie et d'Istanbul. A Khodjend, à Samarkand, dans les pas d'Alexandre, premier homme à avoir fait l'expérience de l'universel historique, j'écoute des paysans tadjiks parler d'Alexandre (l'*Iskandar* du Coran) avec mes amies russes, deux archéologues au chômage. A Carthage, je scrute les traces de l'incendie dans les ruines de Byrsa. *Dolori sacrum*. Consacré à la douleur. A Malte, c'est autre chose : je suis tombé dans l'œil du temps. Vision panoramique (mais qui m'isole) : amont-aval, Orient-Occident, Europe-Méditerranée, flux-reflux, évidences-mystères. Les foudres sans fond du passé et les vendanges du présent sous un même regard. A qui j'en parle ?

Ulysse et Balthazar

Les Maltais ont immigré au XIXe dans tous les ports de Méditerranée. Ils étaient charretiers, cochers, laitiers, commissionnaires, cireurs de chaussures, ou écumeurs de ports. « Dans chaque port, écrit un voyageur français au XIXe, c'est le Maltais qui tient la boutique la mieux achalandée, qui se charge de vous trouver les objets introuvables, très accommodant, très poli, jugeant avec certitude, d'après la tête du client, du prix à demander. (...) Ils parlent, mais très mal, toutes les langues des riverains de la Méditerranée, et les mélangent dans un idiome atroce. » Les actes de mariage de l'état civil d'Alger signalent parfois la présence d'un interprète pour des jeunes mariés maltais et « parlant arabe ». Ces exilés ont tendu des fils entre la langue de leurs villes d'accueil et celles de leurs villages d'origine. C'est sans doute pourquoi aujourd'hui Algériens, Libyens, Tunisiens et Egyptiens d'Alexandrie comprennent facilement le maltais. Certains Maltais à cette époque sont même allés jusqu'en Australie. Aujourd'hui Malte est une destination de hasard pour beaucoup d'Africains qui fuient la guerre ou la famine.

*

Des figurines à taille humaine ont été installées en face du monument aux morts de La Valette. Ces statues représentent les Rois Mages et annoncent l'Avent. Le Noir enturbanné, c'est Balthazar. La première fois que je l'ai vu, j'ai aussitôt pensé que ce Balthazar maltais devait parfois se sentir un peu seul. Il y a peu d'Africains dans les rues de Malte, même s'il m'arrive d'en croiser, le soir, dans les hauts de Floriana, fantômes en jeans ou en costumes bariolés, cachant leur misère sous des rires et de grandes enjambées. Pourtant, pendant la belle saison, plusieurs fois par semaine, les quotidiens maltais relatent en première page l'arrivée de bateaux d'immigrants. Le jour où j'ai pris mes fonctions à La Valette, le mercredi 23 juillet 2008, le *Maltatoday* racontait qu'une embarcation chargée de 28 hommes et 2 femmes avait été interceptée à six milles nautiques de la côte de Marsaxlokk et escortée jusqu'à un quai proche du Free Port. Les immigrants illégaux furent remis aux autorités de police.

Quelques jours plus tard, à la une du *Malta Independant*, la photo d'un gros dinghy transportant 95 passagers (80 hommes et 15 femmes), repéré par les Forces maltaises à deux milles nautiques de la côte, et escorté par deux patrouilleurs, le *P24* et le *Melita 1*, jusqu'à Birzebbuga. Dans la même journée, 28 immigrés (dont 2 femmes) étaient arrivés dans une embarcation de fortune jusqu'aux falaises de Ghar Lapsi, où des familles maltaises tentaient d'échapper à l'étreinte de la chaleur en barbotant dans les piscines naturelles creusées dans le roc. Un dernier exemple, trouvé dans le *Times* du 10 septembre. Un bateau d'immigrants avait chaviré à soixante-douze milles de Malte. Un hélicoptère des Forces maltaises a hélitreuillé des sauveteurs pour récupérer en pleine mer des survivants et notamment deux enfants déjà calcinés par le sel, transportés d'urgence à l'hôpital. Le bateau en perdition avait été signalé aux autorités maltaises par les observateurs d'un Falcon français surveillant la zone dans le cadre de l'opération Frontex. Les sauveteurs sont arrivés trop tard pour sauver une femme, sans doute la mère des enfants.

Cette chronique quasi quotidienne de l'exil ne trouble guère les touristes et les lycéens venus de toute l'Europe améliorer leur anglais sur l'île de Calypso. Un soleil impassible, des terres d'une pâleur sèche entre des haies de roche, une mer toujours souriante et au crépuscule, le retour de la fraîcheur. Les soirées de Paceville écrivent chaque jour un nouveau chapitre de cette *movida* méditerranéenne, qui célèbre de Rimini à Djerba la joie d'exister. Partout sur les plages ou dans les night-clubs, les mêmes DJ font s'agiter en cadence les mêmes foules de dionysiaques derviches, qui partagent une même soif de plaisir et d'oubli, à égale distance du passé et de l'avenir.

*

C'est en pensant au passé (des illusions anéanties) et à l'avenir (des espérances improbables) des *boat people* africains qu'un mois après mon arrivée, j'ai pris contact avec l'équipage du Falcon 50 qui, partant de Malte, patrouillait au-dessus de la mer dans le cadre de l'opération Frontex. Le lieutenant Carré m'a tout de suite proposé de passer une journée en vol avec son équipage. Ils étaient cinq, dont une femme, Marie-Odile, le pilote, un copilote, deux observateurs postés devant un grand hublot rectangulaire, et un opérateur radar, installé devant son écran au fond de la cabine. Tous portaient des combinaisons kaki et vert, avec une veste de sauvetage et correspondaient entre eux par radio intérieure. C'était leur septième mission, ils avaient signalé des bateaux d'immigrants tous les jours et n'étaient pas mécontents de savoir que deux nourrissons, quelques jours auparavant, avaient été arrachés à la mort grâce à leur intervention. « On a l'impression d'être utiles », m'avait dit le radariste en passant sa main dans ses cheveux blancs. Je lui ai fait remarquer l'ambiguïté de sa mission. Un ancien ministre français des Affaires étrangères, réputé pour sa clarté d'analyse et pour son humour froid, ne m'avait-il pas dit, quand je l'avais informé que j'allais participer à un vol Frontex : « Vous me direz combien vous avez coulé de bateaux. » L'équipage du Falcon était-il là pour surveiller les frontières européennes, empêcher l'entrée d'immigrants illégaux ou pour les sauver ? La réponse du quartier-maître avait fusé : « Nous sommes marins, dit-il en me montrant son écusson *Maritime Rescue Control Center*. Nous portons assistance à toute embarcation en péril. »

Au moment du décollage, Malte baignait dans une légère brume bleue. Le lieutenant Carré m'a signalé par radio les toiles de tente du camp ouvert qui accueillent une partie des immigrants clandestins ayant touché le rivage maltais, puis nous avons vite pris un peu d'altitude. Le quartier-maître m'a montré sur le radar la zone que le Falcon allait surveiller, en faisant des allers et retours systématiques entre Malte et les confins des eaux territoriales libyennes. « Nous ratissons des bandes parallèles. Quand la mer est plate comme aujourd'hui, rien ne peut nous échapper. Une petite bouée de pêcheur, un banc de poissons en surface, ou même un sac plastique, tout ce qui flotte laisse une trace sur l'écran. » A chaque fois qu'un écho apparaissait, le radariste signalait la position au poste de pilotage et nous descendions aussitôt à deux cents pieds au-dessus de l'eau. Pendant les premières heures, la mer m'a paru vide. Ni cargo, ni voilier. Pas de pêcheurs non plus. « Les bateaux évitent de s'approcher des eaux territoriales libyennes, c'est pourquoi il y a peu de trafic dans cette zone. » Sur le radar, je pouvais voir les plates-formes pétrolières libyennes, la côte tunisienne, celles de Malte et de Gozo. Par le hublot, la lumière changeait à chaque instant. Le miroir de la mer passait par toutes les gammes du bleu. Bleu de céramique ou de ciel tendre, bleu de safre, d'ardoise, presque mauve parfois, avec des nuances de vert et de jaune en approchant des côtes africaines. Et dans le ciel, toujours pas un nuage. Le pilote annonça par radio qu'il aimerait bien manger une banane et boire un chocolat. C'était l'heure du café.

Nous venions de virer et d'attaquer notre deuxième bande de surveillance quand nous avons aperçu des pêcheurs tunisiens, à quelques milles de Lampedusa. L'un d'eux avait planté un parasol jaune dans sa barque pour se protéger du soleil. Puis nous avons survolé la zone des tortues. Leurs carapaces captent la lumière. La mer s'animait. Un requin disparaît sous les ailes de l'avion. Des oiseaux apeurés par le bruit des réacteurs partent en étoile au ras de l'eau. Un peu plus loin, un gros calamar dérive à la paresseuse. Tout à coup, le pilote crie dans la radio : « Bateau coulé à droite. » Marie-Odile photographie l'épave qui semble dressée dans la mer. C'était une embarcation d'immigrants naufragée les jours précédents. Certains avaient pu être sauvés. Mais les autres ? A quelques milles de l'épave croisait un voilier hollandais. Le pilote entre aussitôt en contact avec le skipper par radio. Cinq minutes encore ; un cri dans nos casques. Thomas, le copilote, annonce une baleine sur la gauche.

L'opérateur radar avait signalé un nouvel écho et l'avion s'était légèrement détourné pour se porter sur sa zone. Quelques secondes avaient suffi. Tous les membres de l'équipage avaient crié au même moment en apercevant une grosse barque de pêche, avec une cabine en bois repeinte en blanc au milieu du pont qui dissimulait l'accès à la cale. Le bateau naviguait en direction de Lampedusa. Pas d'immatriculation. Sur le pont s'entassait une cinquantaine d'Africains, serrés les uns contre les autres, souvent la tête entre les mains, certains affalés sur le bastingage, quelques-uns perchés sur le toit de la cabine à côté de fûts bleus, réserves d'eau ou de fuel. « Ils doivent être aussi nombreux dans la cale, dit une voix dans mon casque. Ils arrivent de Libye et ont au moins déjà trente heures de mer derrière eux. » Leur embarcation se détachait sur le fond bleu sombre de la mer et avançait en traînant ses créneaux d'écume. Un orage, une avarie, et ce bateau à bout de souffle pouvait devenir une tombe. Autrefois ces rafiots étaient retapés pendant l'hiver et remis à neuf. Aujourd'hui ces épaves souvent mal épontillées, susceptibles de multiples avaries, autorisent aux passeurs de substantiels profits. Nous tournons autour de lui à basse altitude, Marie-Odile fait des photos qu'elle envoie aussitôt avec la position du navire au Centre de contrôle et de recherche à Rome. La plupart des passagers ne nous regardent pas. Endormis, assommés par la chaleur, malades peut-être. Ceux qui nous regardent ne manifestent rien.

La majorité des immigrants viennent aujourd'hui de Somalie, d'Erythrée, dans une moindre mesure du Mali, de Côte-d'Ivoire, du Niger ou du Nigeria. Tous sont prêts à mourir pour vivre en Europe. Le déracinement n'est pas la seule souffrance de ces hommes condamnés à progresser vers la Méditerranée par des routes sans lois. Travail forcé, prostitution, violences, vols sont leur pain quotidien. Ce sont des hommes moralement exsangues qui arrivent sur les plages libyennes (Tripoli, Zuwarah ou Al Khums, Misrata ou Zlitan) d'où ils pourront éventuellement s'embarquer, après d'ultimes humiliations et avoir versé mille dollars US.

Chacun imaginait leur voyage. Nous volions en cercles courts au-dessus de leur tête. A quoi bon s'attarder ? Toutes les informations concernant la position de la grosse barque, sa vitesse et sa route présumée avaient été transmises. En principe, les passagers étaient maintenant en sécurité. L'avion reprit la direction de Malte. Plus personne ne parlait, mais l'observation continuait. Un pêcheur à gauche, qui fait route vers le nord ! Deux bateaux à coques vertes ! Ce bâtiment tout blanc, à droite, c'est un dragueur de mines tunisien ! Après six heures de vol au ras des flots, diverses rêveries emplissaient nos pensées. La plupart des enfants embarqués sur les bateaux de l'immigration africaine étaient nés de la prostitution forcée, pendant le voyage. Les femmes étaient remises sur la route quand leurs bourreaux s'apercevaient qu'elles étaient infectées par le virus du sida. Puis le pilote nous a signalé un dinghy noir, retourné et vide, qui dérivait sur notre droite.

Le noir du dinghy faisait une tache noire sur la mer. Dinghies et barques en fibre de verre, toujours en limite de flottaison, sont de fragiles esquifs, à la merci de n'importe quel coup de vent. L'été connaît des tempêtes aussi rapides que brutales. Elles se montrent impitoyables pour les fragiles arches de l'immigration. Les marins français de *L'Arago* en savent quelque chose, qui ont en vain signalé au responsable de Frontex (ce jour-là un officier allemand) un bateau à quelques heures d'un coup de vent annoncé. Décider de ne pas leur porter assistance, c'était condamner les trente passagers à une mort certaine. Aucun n'a survécu.

Tous les candidats au départ connaissent les dangers qu'ils vont affronter. Leur traversée dure en général deux ou trois jours. En cas d'avarie ou d'erreur de cap, dix jours. Leur destination est l'île de Lampedusa, plus rarement la Sicile. Malte n'est qu'une destination par défaut. Nous connaissons le nombre de ceux qui arrivent, mais jamais celui des disparus. Morts sans sépulture, sans épitaphe, sans nom, solitaires et muets dans la mort comme ils l'avaient été pendant les derniers mois de leur vie. Une heure plus tard, nous apercevions le front ensoleillé des falaises de Dingli. Deux jours après, j'ai appris que l'embarcation surchargée que nous avions survolée si longtemps n'était jamais arrivée nulle part.

★

Les survivants de ces modernes odyssées sont placés en arrivant à Malte dans un camp en attendant d'être interrogés et fixés sur leur statut. Les étrangers non reconductibles sont rendus à la liberté après dix-huit mois de détention (c'est un maximum ; la moyenne est d'un an). La plupart se réfugient dans des camps ouverts, comme le camp de toiles d'Hal Far. Ils sortent le matin de leur abri pour chercher du travail du côté de Marsa. Il avait plu toute la nuit quand je suis allé à Marsa, un matin de décembre ; comme toujours à Malte, quand il pleut d'abondance, certaines rues étaient transformées en rivière. La pluie avait cessé quand je suis arrivé près du port. A cinq heures du matin, les rues de ce bas quartier à moitié abandonné étaient encore désertes. Puis l'église a ouvert ses portes, en même temps que deux ou trois cafés, et les premiers fidèles ont traversé la place. Ils ont commencé à arriver, telles des ombres se glissant derrière les derniers rideaux de la nuit. Seuls, ou par petits groupes, deux ou trois à bicyclette, tous bien vêtus et la tête dans la capuche de leur parka pour se protéger du vent matinal. Ils se sont regroupés au bord de la route, près d'un rond-point, pour attendre une éventuelle embauche. Des voitures passent, s'arrêtent, le chauffeur négocie le prix du travail pour la journée ou la semaine.

Au début du mois de décembre 2008, la France est le premier (et le seul) pays européen qui décide d'accueillir quatre-vingts immigrants venant de Malte. (Nous recommencerons l'année suivante, suivis par l'Allemagne.) Le lendemain, je prends contact avec le père Joseph Cassar, le jésuite qui anime la section maltaise du *Jesuit Refugees Service*, une organisation internationale créée dans les années 80 au moment du drame des *boat people*. Grand et mince, un beau visage encadré par une barbe courte et blanche, de fines lunettes, des yeux sombres, rayonnant d'une bonté volontaire, de calme aussi, le père me reçoit dans son bureau du St. Aloysius' Gonzaga College, sous une photo du père Arrupe prise au Japon.

Autour du jésuite, quelques membres de son équipe, un autre père de sa compagnie, deux

Erythréens, et trois femmes dont une jeune Française, Céline. « Nous existons à Malte depuis 1993, dit le père Cassar. Il fallait alors répondre au nombre grandissant d'Irakiens immigrés, pour la plupart des chrétiens, puis des Bosniaques cherchant refuge à Malte après un détour par la Libye. Depuis 2002, nous nous occupons des immigrants africains arrivés par bateau. Ce sont les *boat people* d'aujourd'hui. C'est la même tragédie que celle qui se déroulait hier en mer de Chine. » La seule différence, bien sûr, c'est que maintenant, c'est ici, chez nous, en Méditerranée. Quand je lui demande s'il est possible d'évaluer le nombre de disparus, il répond après un silence. « Il est impossible de le savoir avec précision. Tous les candidats au voyage sont organisés par familles, par fratries, ou par villages, et communiquent par portable. Quand une embarcation est en difficulté, ou qu'ils sont sans nouvelles, il arrive que les familles nous contactent. Nous arrivons ainsi à faire quelques évaluations. Nous pensons que, chaque année, entre six cents et mille deux cents immigrants meurent en Méditerranée ». Plus d'un tiers de ceux qui partent n'arriveraient donc pas ?

Les premières tempêtes d'automne découragent l'aventure de la traversée. A la mi-novembre, un moderne paquebot de croisière n'a-t-il pas été malmené en entrant dans le port de Palerme ? Mais pendant quelques mois encore, des corps portés par les courants échouent sur le rivage sud de Sicile ; les pêcheurs de Malte et d'ailleurs continuent de remonter des restes d'homme dans leurs filets. Le père me dit qu'à la fin du mois de novembre, un cargo russe a porté secours à plusieurs dizaines de naufragés. « Cela prouve au moins que tous les bateaux ne détournent pas leur route quand ils aperçoivent une barque en difficulté. – Bien sûr, répond le père. La solidarité des gens qui naviguent en mer n'est pas morte, même si nous avons tous connaissance de dramatiques entorses aux règles d'assistance et de sauvetage. » Quand je quitte son bureau, le père Cassar me montre une fresque peinte par des Congolais. C'est une peinture naïve, très imagée, qui représente leur terrible voyage et ressemble à une danse macabre, malgré des couleurs tonnantes, dans les rouges et dans les jaunes.

Les peuples autour de la Méditerranée ont toujours cherché les éternelles promesses de la vie. Cette quête a souvent donné aux hommes de bonnes raisons d'abandonner leurs villages, leurs cités et de s'en aller loin. Des Grecs, des Phéniciens, des Carthaginois, ont autrefois quitté leur rivage pour mettre leurs pas dans ceux d'Ulysse. Mais aujourd'hui, Ulysse est noir, et meurt en mer dans le silence des vagues, après des mois d'attente et de détresse. Jamais il ne rencontrera Balthazar.

La Semaine Sainte à Zebbug

La Semaine Sainte est une parenthèse dans le printemps maltais. Le temps se gâte dès les premières heures du jour des Rameaux. L'île prend un masque de tragédie, elle s'éloigne de l'Italie (mais pas de la Sicile), se rapproche de l'Espagne et du Liban. Pendant une semaine, les Maltais revivent collectivement la montée au calvaire de l'Homme de douleur, le silence du tombeau et la joie de la résurrection. Le jeudi soir, une immense croix s'illumine sur les hauteurs de Siggiewi. Des centaines de personnes récitent le rosaire dans la nuit. Le lendemain, à La Valette, dans l'ancienne église conventuelle des chevaliers, déparée et à peine éclairée, trois vieux prêtres maltais chantent le récit de la passion en grégorien avant l'adoration de la croix, progressivement dévoilée. A la même heure, le village de Zebbug entre dans le clair-obscur d'une représentation en grand format du Vendredi Saint. La ruelle qui borde la façade de la maison sert de lieu de rassemblement pour certains figurants (tous volontaires) du cortège qui traversera le village pendant plusieurs heures. Des centurions romains sont en conversation avec une princesse en robe noir et or, aux traits fins et pâles, des grands prêtres juifs fument et parlent à leur portable, des Bédouins s'occupent des chevaux. Au rez-de-chaussée de l'immeuble de la banda San Felip, dans la grande salle du bar, assez obscure, des hommes et des femmes boivent de la bière. Quelques privilégiés s'installent au balcon, ils seront aux premières loges. La foule déambule, patiente, avant de s'abandonner aux sommations muettes du défilé, l'attente fait partie du plaisir de cette adoration singulière, toutes les chaises disposées autour de la place et dans la grande rue, sont déjà occupées. D'énormes drapeaux pendent à mi-mât sur un grand nombre de maisons. Tous en berne : étendards de Malte, du Vatican, de l'Ordre, du Labour (rouge avec un rond au milieu), du parti nationaliste (jaune et noir). L'île porte le deuil du Christ. Les soldats romains ouvrent le défilé qui précède le chemin de croix. Licteurs, porteurs d'aigles, centurions en armure et cape rouge ou noire, gardiens et prêtres du Temple, Moïse dans son couffin, porté par deux femmes. Un général romain, debout sur son char, est suivi par un petit ramasseur de crottin. Le cortège passe, des odeurs de friture flottent dans l'air. Le restaurant de la banda de San Felip a mis à son menu de la tourte au thon et aux épinards, de l'autre côté de la rue, le *Sunny's take away home-made food* vend des barquettes de frites et de beignets, le soleil fait flamber les façades. Après le dernier passage du dernier char, une musique lancinante annonce la procession. Un prêtre marche en tête, sous un énorme étendard violet, puis vient le porteur du crucifix, deux centurions tenant à bout de bras une grande bannière, violette elle aussi, avec ses mots : *Passio/Domino nostri/Jesu Christi*. Enfin sortis l'un après l'autre de l'église par la porte principale, apparaissent les groupes de statues monumentales figurant les stations de la croix. Les statues avancent au pas lent et prudent des porteurs, suivis de quatre hommes, qui glissent sous les brancards des béquilles de bois à chaque pause de la charge. La première station repose sur les épaules de huit pénitents blancs, le visage découvert mais coiffé d'un voile qui leur couvre la nuque, blanc lui aussi. Leur pas balancé déplace la charge lentement de droite à gauche, puis de gauche à droite. La deuxième station représente le *jardin des oliviers*. Dix pénitents. Un grand olivier ombrage les statues. Son feuillage tangue. Autour du socle, un maillage serré de fleurs et de cierges. Puis voici *Judas*. Le traître tient sa bourse de trente deniers derrière son dos. Le président de San Felip, un vieil homme très aimable, blazer et casque de cheveux blancs, commente chaque scène et m'explique que les trois bandas concurrentes de Zebbug se sont entendues pour se relayer pendant les trois heures que dure cette représentation de la douleur et de la mort. *La flagellation* (très dépouillée, huit porteurs) précède maintenant une jeune fille portant la tête en cire de saint Jean-Baptiste sur un plateau de cuivre. A chaque scène, un photographe shoote les visages des premiers rangs de porteurs. Voici *Pilate*, précédé d'un Barabbas entravé, puis *Le Christ et Véronique* (qui lui essuie le visage). Le soleil commence à baisser, la rue bascule dans l'ombre au moment où résonnent quatre tambours de deuil. Cinq trompettes se rassemblent. *Jésus tombe pour la troisième fois*. Les légionnaires en noir (gonfalon, tunique, cape, toupet, tout est noir) marchent devant une nouvelle cohorte de pénitents blancs, masqués et pieds nus, qui poussent des croix sur roulettes, les croix grincent sur le bitume. Devant l'église les musiciens de San Giuseppe jouent une musique funèbre, sous un drapeau en berne et pris dans un voile noir. La statue des deux femmes au pied de la croix s'encadre dans la porte principale, le haut de la façade flambe sous le soleil couchant, les drapeaux flottent au vent de la mer, les pigeons volent, la musique s'éloigne et laisse son empreinte de tristesse, puis revient, se rapproche, serre les cœurs, les enfants en surplis noir sortent de l'église presque vide, une dernière statue soulevée par dix paires d'épaules apparaît sur le parvis, le père Mizzi referme la porte, l'église reste silencieuse, abandonnée, tous ses trésors marchent dans la rue pour raconter l'histoire de ce Vendredi au Golgotha, il fait froid. Le samedi, l'île reste silencieuse. Crépuscule mauve à Ghar Lapsi. Doré des roches, des falaises, criques vertes, calme de la terre et de la mer. Pas un souffle de vent. Saint-Nicolas de Siggiewi dresse sa façade illuminée, parée de lampes. Un grand feu brûle sous le porche. Vigile de Pâques. L'église est pleine, plongée encore dans la pénombre, bruissante de prières. Le dimanche de Pâques, des statues du *Christ ressuscité* sont portées par des hommes courant à travers les rues des villages et des villes. Dans les jours qui suivent, Malte n'est plus qu'un bouquet de laurier. Le laurier, peu gourmand en eau, est l'arbre fleur de l'île, qui parée de blanc et rose, s'envole à nouveau vers l'insouciance et vers l'été.

Le cœur demeure

Il y a longtemps que j'attendais d'avoir ma chaise au banquet méditerranéen. Je voulais voir tourner les saisons, mourir et renaître avec elles. Malte a tenu ses promesses. J'ai été accueilli, d'une certaine façon délivré, admis dans la confidence d'une vieille civilisation. Il est temps de prendre congé. Je ne veux pas m'attarder, non plus me répéter, mais maintenant que je compte les jours, l'été passe en trombe.

Je me souviens de mon arrivée, de mes premiers pas. Au Quai d'Orsay, j'étais un suspect : écrivain, ancien gauchiste, journaliste, éditeur. Comme me le dira plus tard Alain Juppé : « Cette maison des Affaires étrangères déteste les corps étrangers. » L'honneur qui m'était fait n'a changé ni mon cœur ni mes manières. J'invite des Israéliens et des Palestiniens à chanter *d'une seule voix* à l'auberge de Provence à La Valette. N. et moi recevons des *boat people* dans le jardin de la maison Manduca. J'organise deux charters à l'envers que j'accompagne jusqu'au tapis rouge du Bourget. J'ai aussi l'idée d'un voyage autant politique que poétique, *Ulysse 2009*. Trente écrivains méditerranéens embarquent sur le pétrolier-ravitailleur *Meuse*. Salah Stétié a quitté sa maison des Yvelines (où vécut Honoré d'Urfé). Il s'agit de défendre des idées qui nous sont communes à La Valette, Tunis, Tripoli (les étudiants libyens me demandent d'organiser une conférence débat sur Camus), à Limassol où nous rejoignent Jean-Marie et Jémia Le Clézio, puis à Beyrouth.

Du balcon maltais, je n'ai pas vu tourner que les saisons. Un souffle printanier a traversé l'Afrique du Nord. La deuxième décennie du nouveau siècle commence par un coup de balai. Changement de décor à Tunis, à Benghazi, au Caire. Malte, africaine et européenne, vit au rythme de ces bouleversements. Le soir du

15 janvier 2011, la Révolution de Tunis a gagné. Dans l'après-midi, des dépêches annoncent le départ du président Ben Ali. Des membres de la famille de sa femme auraient été arrêtés par l'armée à l'aéroport au moment où ils allaient monter dans leurs avions. J'appelle Soha Arafat. J'entends Raymonda (sa mère, une journaliste réputée) qui crie : « C'est la vengeance de Dieu ! » La femme de Yasser Arafat a été proche de celle de Ben Ali, puis victime avec sa fille Zahwa du dictateur tunisien, et maintenant réfugiée à Malte. Elle ne sait rien. Mais déjà des conseillers de l'Elysée m'appellent : « Ben Ali est chez toi. Il ne doit pas venir en France. Débrouille-toi… » Ainsi commence une soirée agitée, mais Ben Ali était déjà loin. Quelques semaines plus tard, le 11 février, Hosni Moubarak est chassé du pouvoir. La place Tahrir l'a fait tomber sous les applaudissements de Téhéran et de Washington. Il a suffi de dix-huit jours. Puis le soulèvement gagne plusieurs villes libyennes. Partout le même mot d'ordre, en français : Dégage !

La Libye restait un pays cousin pour les Maltais. L'ancien dirigeant de Malte, Dom Mintoff, avait voulu faire de son île un nouveau Cuba, flirtant avec l'Urss, la Chine, la Corée du Nord. Puis il avait décidé que les Maltais étaient frères de sang des Libyens. Le colonel Kadhafi avait offert aux Maltais un grand stade et du sable pour leurs plages inexistantes. Il leur avait même proposé de rejoindre la Ligue arabe. L'intervention voulue par le président Sarkozy bouleverse cette vieille affaire de famille. Chaque nuit des avions français survolent Malte pour frapper Tripoli. Et à chaque jour sa surprise. Kadhafi parle à la télévision, un parapluie à la main. Grande presse d'amiraux français dans les eaux maltaises ou atterrissage à l'aéroport de deux Mirage libyens, pilotés par des déserteurs (les avions ont peu volé en quarante ans de service et la sécheresse du désert leur a conservé l'éclat du neuf). Baghdadi Mahmoudi, Premier ministre de Kadhafi, m'appelle de son bunker de Tripoli et tient des propos délirants.

Les chefs de la résistance à Misrata passent par la maison Manduca. Ils sont six, arrivés le matin même par bateau, en route pour Paris.

J'ai facilité leur passage par Malte, avec la complicité de Tonio Borg. Ils sont passés à l'hôtel prendre une douche et se changer. Parmi eux, un général avec une chemise à carreaux et un gilet, une barbe poivre et sel (ce général Ramadan a repoussé deux cents chars de Kadhafi) et un homme d'affaires, Suleyman Fortia, veste grise et cravate à rayures, qui a fait de la prison, il y a vingt ans.

« Kadhafi ne se sacrifiera pas, dit-il. Il est prêt à sacrifier son peuple, mais pas à se suicider. » (Ils se trompaient. Kadhafi est mort comme il a vécu, dans la violence, mais il a fait face.)

Ils sortent une carte d'état-major, la déplient avec précaution puis l'étalent sur mon bureau, sous les gravures de quelques grands maîtres. Penchés sur cette Libye de papier, ils dessinent avec leurs doigts des lignes de front et racontent un pays fait de sables, de montagnes, de puits de pétrole et de longues routes toutes droites. Leurs mains s'arrêtent sur des noms que le monde apprend à connaître : Djebel Nafusa, Sourmane et Gariane, Brega, Zaouiah. La lumière du matin éclaire leurs visages. Seuls s'expriment ceux qui parlent anglais. Très calmes, ils s'avouent confiants, prétendent que les présages sont bons, mais disent manquer de médicaments, d'armes et de munitions.

La main lourde des dictateurs étouffe depuis longtemps les peuples arabes. Leur printemps avait commencé à Beyrouth en 1989, quand les Libanais, chrétiens et musulmans, demandaient la démocratie et la paix, que leur refusait Hafez el-Assad (le père). Ce dernier ne reculait devant aucun moyen, pas même l'assassinat d'un ambassadeur de France (Louis Delamare). J'avais à l'époque publié *Chronique du Liban rebelle* pour dénoncer ses crimes et les connivences des démocraties occidentales. Mon livre avait été banni, les libraires qui le vendaient sous le manteau arrêtés et torturés, et j'ai été interdit de séjour au Liban pendant dix ans par les services syriens. Bachar, en succédant à son père, a commencé par montrer un autre visage. Je l'ai croisé à deux reprises, à Damas puis à Paris. Chacun pouvait raisonnablement penser qu'il allait ouvrir son prestigieux pays. Mais l'homme élégant, que j'avais découvert dans son palais du mont Kassioun, a repris l'habit du tyran et les sinistres habitudes de son père.

Les peuples asservis ont raison de se révolter, mon cœur ne balance pas. Il bat pour ceux qui disent non. Sans naïveté, car l'histoire nous a appris, et même à nos dépens, que les enfants de toutes les révolutions sont imprévisibles. Certains deviennent des monstres, d'autres des saints, des martyrs ou des attentistes, ou alors ils achètent des biens nationaux et les Ferrari des Ben Ali. La révolte est une folie de démesure qui, avec le temps, crée sa propre mesure, comme disait Camus. La meilleure façon d'inventer l'avenir est de tout donner au présent. Tout donner n'empêche ni la lucidité ni la tristesse. Dans le jardin de Zebbug, un pied en Afrique, l'autre en Europe, j'écoute les Rafale trouer la nuit maltaise dans un bruit de fer. La guerre n'est jamais belle. Les témoignages que j'ai pu recueillir, y compris les plus réticents, sont pourtant concordants : l'intervention française à Benghazi a évité un bain de sang. Benghazi n'a pas été Srebrenica. Je me réjouis de voir mon pays fidèle aux deux mots de fraternité et de liberté. Nous avons connu des temps plus immobiles et plus complaisants. La lucidité nous invite aussi à inscrire notre action dans les limites de la justice, sans nous laisser aveugler par une idée égotiste du bien. Il faut préférer le bon au bien, disait Vassili Grossman. « Là où se lève l'aube du bien, des enfants et des vieillards périssent, le sang coule. »

*

Le 13 juillet 1971, j'arrivais à Nancy, avec N., pour m'établir en usine. Je voulais affronter le réel. Quarante ans plus tard, à La Valette, ouvrier de la diplomatie française sur une île perdue en Méditerranée, j'ai été, au quotidien, pendant trois ans, au plus près de multiples réalités humaines. Maintenant que je vais repartir, je regarde s'ordonner le temps qu'il nous reste avec une curiosité accrue. Les matins calmes, les maisons chauffées à blanc par le soleil au zénith, le thermomètre de la balustrade du jardin dynamité, la mer comme une vitre de lumière, cassée par les nuées des bateaux, puis le nappage pastel de l'île tout entière, avant l'encre de la nuit. Il suffit d'une très légère brise pour que ces soirées soient parfaites (à condition que ce ne soit pas le sirocco qui dépose sur l'île sa touffeur moite). Je collectionne ces moments. Nous ne les revivrons plus, mais ils nous appartiennent. Je les rangerai dans mon grand cahier, celui de la mémoire de mon front et de mes lèvres. Le registre des départs et celui des arrivées, des promesses bafouées ou accomplies, et des renaissances. Je n'oublie rien. Avant de partir, ayant relu les paroles du poète que j'avais suivi rue de Varenne quand il se prenait pour Baudelaire : « Une minute une minute, Avant que soient partis les gens, Rappelez les joueurs de flûte, Jetez-leur des pièces d'argent », je décide d'arrêter le temps.

Il faut toujours laisser une marge de manœuvre au destin. C'est lui qui m'a présenté Matthieu Chedid, chez Johnny H., à Saint-Barthélemy (pendant le passage du typhon *Earl*). Et maintenant M est assis avec sa guitare sur la terrasse de la maison Manduca. Il chante avec Anna, sa sœur, et Ira Losco, la flamme pop maltaise. Je viens de montrer à M un livre que m'avait envoyé sa grand-mère Andrée : *Le cœur demeure*. Andrée Chedid, rossignol d'Orient, avait trouvé son titre chez l'un de mes « seigneurs naturels », Chrétien de Troyes. Le destin. Du fond du jardin monte un parfum de jasmin. Le raisin trop mûr de la treille répand une odeur de vin qui se mélange à celle des fèves au fenouil sauvage. Chanter, c'est arrêter le temps des hommes, les Maltais le savent bien, eux qui tournent en rond et en musique dans les rues de leurs villes comme s'ils erraient par des chemins gardant souvenance des siècles. La nuit allume ses constellations. Premières étoiles, puis une lune familière, montée lentement de la pointe du ciel. Elle éclaire le léger mouvement des palmes. Vin de Champagne et alcool de lune à volonté. Le jardin résonne de rires et de chants. Un accord du guitariste nous invite à l'heure gitane. L'aube est encore loin. Ce n'est qu'une nuit de Malte, quelques amis qui se sont donné rendez-vous pour une seconde d'éternité.

Bibliographie

ARAGON, *Le Fou d'Elsa*, Gallimard.

BARBERO Alessandro, *Histoire des Croisades*, Champs Flammarion.

BARRÈS Maurice, *Romans et Voyages*, Bouquins, Laffont.

BLAIRAT Eugène, *Tunis, impressions de voyage*, Librairie Delagrave.

BLONDY Alain, *Des nouvelles de Malte*, Correspondance de l'Abbé Boyer, P.I.E.-Peter Lang.

— *Parfum de cour, gourmandise de rois : le commerce des oranges entre Malte et la France au XVIII*[e], Bouchêne et Fondation de Malte.

BRAUDEL Fernand, *La Méditerranée et le monde méditerranéen à l'époque de Philippe II*, Le livre de poche.

BROGLIE E. DE, *Tourville*.

BUGEY Lino, BUHAGIAR Mario, FIORINI Stanley, *Birgu A Maltese Maritime City*, Malta University Services Ltd.

BURGESS Anthony, *Les Puissances des ténèbres*, Acropole.
BYRON, *The Letters and Journals*, volume 2, anonyme.
CAMUS Albert, *Œuvres complètes*, Gallimard.
CARMEL Cassar, *The Collegium Melitense*, A frontier mission in the interface between the Christian and the Muslim Worlds.
CASSOLA Arnold, *The Great Siege of Malta and the Istanbul State Archives*, Said international.
CERVANTÈS, *Don Quichotte*, édition de Jean Canavaggio, La Pléiade, Gallimard.
CHEDID Andrée et Louis, *Le cœur demeure*, Stock.
COLLECTIF, *Les poètes de la Méditerranée*, anthologie, préface d'Yves Bonnefoy, édition d'Eglal Errera, Gallimard.
COLLECTIF, *Les premiers temps de l'Eglise, de saint Paul à saint Augustin*, présenté par Marie-Françoise Baslet, Folio Histoire.
COLLECTIF, *An account of Malta's Jewish Community*, Shelley Tayar.
DEGIORGIO Stephen, FLORENTINO Emmanuel, *Antoine Favray (1706-1798), A French Artist in Rome, Malta and Constantinople*, Fondazzjoni Patrimonju Malti.
DEPASQUALE Carmen, *La vie intellectuelle et culturelle des chevaliers français à Malte au XVIIIe*, Malta University Press.
DESPORTES Catherine, *Le siège de Malte*, Librairie académique Perrin.
ECO Umberto, *Le Pendule de Foucault*, Grasset.

ENGEL Claire Eliane, *Les chevaliers de Malte*, Les Presses contemporaines.

FARRUGIA-RANDON Philip, *Caravaggio, Knight of Malta*, AVC Publisher.

FERNANDEZ Dominique, *La course à l'abîme*, Grasset.

FRELLER Thomas, *Spies and Renegates in Hospitaller Malta*, Pin.

GALEA Michel, *Grandmaster Philippe Villiers de l'Isle-Adam, 1521-1534*, Publishers Enterprises Group Ltd.

GALIMARD FLAVIGNY Bertrand, *Histoire de l'Ordre de Malte*, Perrin.

GALLEY Micheline, *La Sibylle de l'Antiquité à nos jours*, Geuthner.

GODECHOT Jacques, *Histoire de Malte*, Presses universitaires de France.

GRAHAM-DIXON Andrew, *Caravaggio, A Life Sacred and Profane*, Allen Lane.

GUILAINE Jean, La mer partagée, *La Méditerranée avant l'écriture, 7000-2000 avant Jésus Christ*, Pluriel, Hachette.

KUNDERA Milan, *Une rencontre*, Gallimard.

— *Les testaments trahis*, Gallimard.

MAC CARTHY Fiona, *Byron Life and Legend*, faber and faber.

MADELIN Louis, *Histoire du Consulat et de l'Empire*, Bouquins, Laffont.

MANSEL Philip, *Levant Splendour and Catastrophe on the Mediterranean*, John Murray.

MASSIGNON Louis, *Ecrits mémorables,* édition de Christian Jambet, Bouquins, Laffont.

Melitensa historica, volume X, Malta historical society.

MICALLEF Patricia, *Les récits de voyage concernant Malte et les chevaliers de Malte au* XVII*e et* XVIIIe, Thèse de doctorat, Université de Malte.

MIÈGE M., *Histoire de Malte.*

MIFSUD Richard, *Napoleon's Maltese Legion*, Kopri.

MORAND Paul, *Venises*, Gallimard.

MUNRO Dane, URSO Maurizio, *Memento Mori a Companion to the Most Beautiful Foor in the World*, MJ Publications.

O'HOGAN, *Vie et opinions de Maf le chien et de son amie Marilyn Monroe*, Christian Bourgois.

REYNIER Chantal, *Paul de Tarse en Méditerranée*, Cerf.

— *Saint Paul sur les routes du monde romain*, Cerf.

SAMMUT Frans, *Bonaparte à Malte*, Argo.

TESTA Carmel, *The French in Malta 1798-1800*, Midsea Books Ltd.

VASSALO Peter, « Lord Byron's confinement in Lazaretto (1811) » in *Treasures of Malta* n° 31, Fondazzjoni Patrimonju Malti.

VERGÉ-FRANCESCHI Michel (sous la direction de), *Dictionnaire d'histoire maritime*, Bouquins, Laffont.

WETTINGER GODFREY, *Slavery in the Islands of Malta and Gozo, ca. 1000-1812*, PEG Ltd.

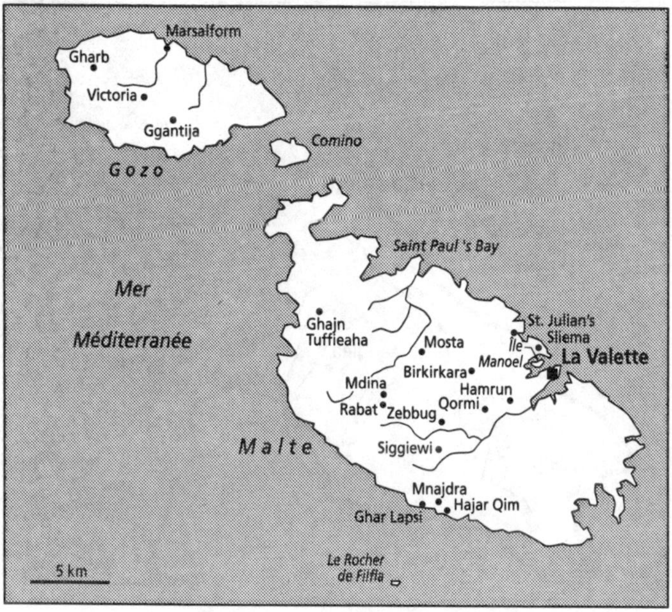

Marsalform
Gharb
Victoria
Ggantija
Gozo
Comino
Saint Paul 's Bay
Mer
Méditerranée
Ghajn
Tuffieaha
Mosta
St. Julian's
Sliema
Ile
Manoel
La Valette
Birkirkara
Mdina
Hamrun
Rabat
Zebbug
Qormi
Malte
Siggiewi
Mnajdra
Hajar Qim
Ghar Lapsi
Le Rocher
de Filfla
5 km

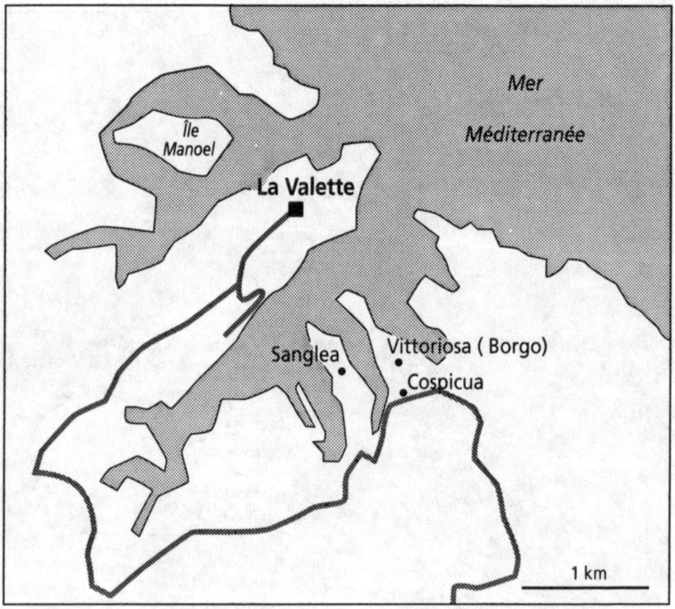
Mer
Méditerranée
Île
Manoel
La Valette
Sanglea
Vittoriosa (Borgo)
Cospicua
1 km

Table

Mise en pages PCA
44400 Rezé

ET ACHEVÉ D'IMPRIMER
SUR ROTO-PAGE
PAR L'IMPRIMERIE FLOCH
À MAYENNE EN DÉCEMBRE 2011

N° d'édition : 16986. – N° d'impression : 81149
Dépôt légal : janvier 2012
Imprimé en France